ちくま文庫

土曜日は灰色の馬

恩田陸

筑摩書房

土曜日は灰色の馬

目次

Ⅲ 暗がりにいる神様は見えない 225

土曜日は灰色の馬

硝子《ガラス》越しに囁《ささや》く

1

ルームサービスで頼んだポット一杯のコーヒーはいつのまにかなくなっていて、千枚分のゲラ刷りの直しもようやく終盤にさしかかっていた。時計を見ると、午前三時半である。

仕事をしていて、ふと気がつくといつも午前三時半なのはなぜだろう。

ホテルに泊まるのは、ここ数年、長編のゲラを直す時ばかり。しかも、ついに追い詰められて、ここ数日以内にゲラを編集者に戻さなければ発売日に間に合わないという段階になってからだ。この静寂、この閉塞感、この疲労、既にお馴染《なじ》みのものである。

お盆をのろのろと持ち上げ、ドアの外に出した瞬間、背後でドアの閉まる音がしてしまった。

ルームサービスを持ってくるボーイは、いつもなぜかしつこく「食べ終わったら外に出しておくように」と念を押すのだが、あれは客の何割かが締め出されることを密《ひそ》かに期待しているのではないかと邪推してしまう。

朝はまだ遠く、ホテルの廊下は一分の隙《すき》もない沈黙が支配していた。

私の部屋は一番奥にあるので、照明を落とした廊下は長かった。スリッパ履きではあったが、まともな格好をしていたのは幸運だった。溜息《ためいき》をつき、そろそろと歩き出す。

古いホテルによくあるように、ここも本館と新館に分かれていて、中は迷路のようだ。フロントまでの道のりは長い。廊下の正面は曲がり角になっていて、壁には絵が飾られている。部屋に飾られていたのも、同じ作家の風景の連作だった。

最近のホテルは、黒や焦げ茶を基調としたシックモダン系の内装が主流だが、古いクラシックホテルには、いわゆるニューイングランド調のところが多い。

今回泊まったホテルも、このニューイングランド調だった。そして私は、どうもこのニューイングランド調というのが苦手なのである。

たぶん、本や映画のイメージのせいなのだろう。

『シャイニング』の影の主人公である、雪に塗り込められた巨大な豪華ホテル。

『ある日どこかで』の、過去にタイムトリップした主人公が憧れの女優に出会うリゾートホテル。

不思議で恐ろしい物語が秘められたホテルは、どれもニューイングランド調だった。エレベーターまでの長い廊下を歩き、エレベーターを降りてから更に長い廊下を歩いて新館の一階にあるフロントまで辿《たど》り着き、鍵を受け取って部屋に戻るまで誰にも会わず、何の音も聞かなかった。

私の住むマンションは、幹線道路に面しているため、夜じゅう車の走る音がするし、朝も周囲が早起きなのであまり静寂を感じない。完全な沈黙の圧力を、こんなに強く感じたのは何年ぶりか思い出せないほどだ。

いつだったろう、かつて東北の山奥にあるホテルに泊まったことがある。このホテルを舞台に一冊小説を書いたのだが、ここもまたニューイングランド調のホテルだった。ホテルだけれど源泉からお湯を引いている大浴場があるというのが売りで、午前零時近くに入ったら誰もおらず、風呂に入っていると、大きな窓の外に広がる原生林の闇から、不思議な音が聞こえてきた。

山を渡る風の音。それは、とても遠いところから低く地鳴りのように響いてきた。獣の咆哮《ほうこう》にも、大勢の人々の叫び声にも聞こえ、じっと耳を澄ましていると、忘れていた記憶の暗いところに徐々に引きずりこまれていくような気がした。

今もあの時と同じ感覚が蘇《よみがえ》る。現実の世界からほんのちょっとだけずれたところにある、異質で生々しい、それでいて正しい何かをつかみかけているという感覚が。

廊下を、足早に歩く。両側に並んだ各部屋のアルコーブに何かが潜んでいる気がする。気がつくと、小走りになっていた。むろん、何も起きるはずはない。双子の少女も、血の溢《あふ》れ出すエレベーターもない。

部屋に入った時は、心底ホッとした。ゲラの残りを済ませても、頭は冴えたまま。ベッドで本を読むことにした。寝室は、客間と別室になっている。

しかし、寝室に入った時、奇妙な違和感を覚えた。この寝室は、曇りガラスが多い。バスルームに通じるドアも曇りガラス、クローゼットも曇りガラス。しかも、クローゼットの奥が鏡張りになっており、人が近づくと反応して灯りが点く。そのせいか、クローゼットの中に掛けたコートが、まるで誰かがそこにのっそり立っているように見える。気のせいだと思いつつ、私は部屋の照明を消すことができなかった。幽霊にもUFOにも霊感にも無縁で、どこでも真っ暗にして眠れる人間のはずなのに。

この部屋は、何かが変だ。そう思いつつも、いっぽうで、私はこの状況を楽しんでもいた。読み始めた本は、奇妙なことに、この状況にピッタリだった。イギリスの片田舎に、奇矯《ききよう》な建築家が奇妙な形の家を建てる。石造りの重厚な家。しかし、この家に住む人間は次々と不幸に見舞われる。繰り返される三角関係、夫の心に巣食う妻の不貞への疑惑、不吉な過去の影。この家は、何かが変だ——登場人物の呟《つぶや》きに、私はこっそり唱和する。

この部屋は、何かが変だ。

本は面白く、ページを繰る手は止まらず、夜明けも近いのに眠気はなく、私はひたすらに石造りの堅牢《けんろう》な部屋でゴシック・ロマンを読み続ける。頭は起きてページをめくっているのだが、身体は眠っている、奇妙な時間帯である。時間も場所も本の中と溶け合い、私はさっきから足元に何かの気配をずっと感じていた。そこに何かがいる。何かが。

何が現れたら一番恐ろしいだろう。

頭の片隅では、もう一人の私、物書きの私が考えていた。ベッドの足元からそろそろと何かが出てくるとする。一番恐ろしく感じるのは何だろう。手だろうか、頭だろうか、いや、それではあまりにも月並みだ、何が出てきた時、私は最も恐怖するのだろう。

真冬の夜明けは遠く、部屋は冷たい静寂に支配されている。もしかすると、こんな瞬間に、現実のすぐそばにある異質なもの、しかし本当の何かが姿を現すのかもしれない。

私はページを繰りつつも、じっと足元から何かが現れるのを待っている。

2

町の風景が凄《すご》い勢いで変わっていく。再開発の進む東京では、久しぶりに訪れた町が根こそぎ新しくなっている、なんてこともしょっちゅうだ。バブル期のものとは性質が違って、余すことなく徹底的にそれをやりとげようという強い意志を感じる。時には、それがひどく暴力的に思えることもある。改札を出て浦島太郎状態を味わう度に、東京はパノラマ島みたいだ、と思う。駅を出る度にがらりと景色が変わり、毎回別世界にいるのだから。もしかすると、大きなキャンバスが重ねられているのではないか、とそのへんをべろりとめくってみたくなる。

私の住む町も、町の拡大と共にじわじわと風景が変わり、お総菜のチェーン店と飲食店が増えた。けれど、不思議なもので、駅のそばで好《よ》い場所にあるのに、なぜかしょっちゅうテナントが変わる店がある。気がつくといつも改装をしていて、いつも新装開店。そういう店に限って、前のテナントが何だったか思い出せない。あれはいったいなぜなのだろう。周囲の店は続いているのに、そこだけぽっかりと空虚な感じがして、生気がない。そんな場所は決まって従業員もそわそわと居心地悪そうにしていて、居着かない。かと思うと、何か異様な迫力を醸《かも》し出していて、通りかかる都度なぜかふと足を止めてしまう場所というのもある。

その家は、いつもの散歩コースの途中にあった。

川べりの遊歩道沿いに建っているのだが、道路に面しているのではなく、ずっと引っ込んだところに建っている。気がつかずに通り過ぎてしまっても不思議ではないのに、いつも何かの気配を感じてその家を振り返って見てしまう。

とても古い家で、瀟洒《しょうしゃ》な家の立ち並ぶ住宅街では異色だった。スレート葺《ぶ》きの屋根に木造家屋の二階建て、サッシュではなく昔ながらのガラス戸、という家で、家というよりは何かの倉庫に使っているのではないかと思わせるたたずまいだった。しかも、壁が一面、青々としたツタに覆われていて、それが妙にマッチしている。

奇妙なのは、道路に面した壁は大きなガラス戸でできているのに、一度も中を見た覚えがないのである。常に中は真っ暗で、灯りが点いているのを見たことがないのだ。むろん、人が出入りしているところも、中に人がいるのも見たことがない。やはり住居ではないのかもしれないが、倉庫ならば壁一面をガラス戸にする必要はないのではないか。

いつもその家をじっと見つめては、首をひねってまた歩き出すのが習慣になっていた。不思議なのは、全く人の出入りの気配のないその家のガラス戸が、いつもぴかぴかに磨き上げられていることだった。古いけれどもきちんと掃除され、維持されていることは間違いなかった。

あまりにも印象に残る家なので、実はこの家をモデルに小説を書いたことがある。ある男が、この家をセカンドハウスにしている。男は売れっ子放送作家で、別に豪邸を持っているのだが、この古い家にいると落ち着くので家族に隠れて通っている。彼はこの家では無職の穀潰《ごくつぶ》しとして振る舞っていて、そのキャラクターを信じて通ってきている女もいる。

そんな二重生活がしばらく続き、男は奇妙なことに気がつく。この家で眠ると、必ずいつも同じ夢を見るのだ。巨大な建物の夢。夢の中ではその建物が一つの国であり、外はいつも激しい雷雨で誰も外に出られない。人々は、歳を取る毎《ごと》に一階ずつ上の階に上がっていく。彼は夢の中の国で歳を取り、日に日に最上階に近づいていく――そんな話だ。

やがて、男は一つの仮説を思いつく。男の見ている夢は、この家が見ている夢なのではあるまいか。この家の見る夢が、彼の夢を浸食しているのではないだろうか――。

つまりは、場所の持っている記憶なのだろう。

テナントのしょっちゅう変わる店は、過去の記憶を持たない。歳月の蓄積のなさが場所のアイデンティティのなさに繋《つな》がっているのだ。逆に、連綿と続く濃い記憶を持っている場所もある。そこで暮らす人々にその記憶が乗り移ってしまうほどに。

今は、簡単に地図が手に入るようになった。カーナビや、ネットでの地図検索サービスも進化し、リアルタイムで精密な地図を見ることができる。しかし、精緻な地図が見やすいとは限らない。手書きの地図や、お店のカードの裏に書かれた簡略な地図のほうが分かりやすかったりするのは、人は地図を描く時、場所の持つ記憶の濃いところを無意識のうちに抜き出しているからなのだろう。

碁盤《ごばん》の目のように整然としているはずの銀座でも、京都でも、私はよく迷う。方向感覚は悪くないはずなのに、永遠に目的地に辿り着けないような錯覚に陥る。銀座も京都も、実は意外なところにエアポケットのような路地を隠し持っている。どちらも一見整然としているけれど、やはり迷宮なのだ。奇妙なことに、どちらの町にも、その店を目指していくと辿り着けないのに、ただぶらぶらと散歩していると必ず出くわす店というのがある。足は無意識に場所を覚えているらしい。いっぽうで、私は迷いたがっている。見たことのない路地に迷い込み、見知らぬ店のドアを開けたいと願っている。

会社員時代、どうしてもまっすぐ家に帰れない日があった。身体は疲れ切っているし、明日も早いことは分かっているのに、まっすぐ家に帰ることができない。そんな時、寄るところが幾つかあって、私はそれを「方違え《かたたがえ》」と呼んでいた。かつて古典の教科書で、出かける先の方角が悪い時、いったん別の場所に行ってから目的地を目指す行為を指して使っていた言葉である。

都市生活者の喜びは、匿名の存在として潜り込む場所を複数持てることだろう。職場と自宅の間に。もしくは、黄昏《たそがれ》と夜の間に。大人には、一次退避所が必要だ。それも、濃厚な土地の記憶を持つ、歳月の蓄積した場所が。時には、全てぴかぴかにリニューアルされた新しさが救いになることもあるけれど、私は今の東京から根こそぎ大人のための隙間がなくなってしまうことを危惧《きぐ》している。

夜の夢こそまこと。

東京のごとき巨大なパノラマ島を夢想した江戸川乱歩の言葉である。彼は、今のぴかぴかぴかのビル群を気に入るだろうか。

3

子供の頃から兄と私は花粉症がひどかった。当時は花粉症などという言葉はなかったので、「なんなのかしらね、あんたたちのそれは」と親はいつも首をひねっていた。

特に私はもともと鼻がよくなくて、常にアレルギー性鼻炎気味だったのに、洟《はな》をかむのが下手くそだった。さんざん洟をかんできた割に今も洟をかむのはあまり上手ではない。人前でスマートに洟をかめる人を、実は密かに尊敬している。

そんなわけで、昔から匂いには敏感ではなかったものの、中年になり五感が衰えるいっぽうの昨今、加齢に従って唯一進化したのは嗅覚のような気がする。特に、腐臭や薬の匂いには神経質になった。

いつだったか、風邪気味でひどく具合の悪い時があった。それでもどうしても出かけなければならないことがあって、なんとか用事を済ませたものの、帰る頃には全身の関節が痛く、悪寒と頭痛で眩暈《めまい》がした。しかし、家に食べるものがないので、よろよろとコンビニエンス・ストアで弁当を買って帰った。ところが、それを口に入れようとした瞬間、ゾッとした。口の中に、薬の味しかしなかったのである。しかも、それは惣菜ではなく、ご飯だったのだ。ただの白米にこんなに添加物が入っているなんて、その時までは思ってもみなかった。身体が弱った時になって、薬の匂いを感じ取ることができたのである。結局、その時はどうしても飲み込むことができず、処分せざるを得なかった。

奇妙なことに、鼻が敏感でない割には香りの強いものが苦手で、香水はもちろん、ハーブやアロマも敬遠している。OL時代にはロッカールームの香水が混ざった匂いがつらくてたまらず、「毒」という名の香水が流行った時はひどい目に遭ったものだ。

嗅覚は、時折激しく記憶を刺激する。毎年秋になって町角で金木犀《きんもくせい》の匂いを嗅ぐと、幼年期の歳月がいっぺんに巻き戻され、記憶の洪水に襲われるように感じることがある。

ニッキの匂いやバニラエッセンスの匂い、ストーブで煮炊きをする匂いなどでもこんな感覚を味わう。このことは、恐らく誰もがなんとなく意識していて、筒井康隆の『時をかける少女』のヒロインが、理科室のラベンダーの香りを嗅いでタイムトラベラーとなるのは決して偶然ではないのだ。そういえば、『時をかける少女』を読んでラベンダーの香りというのに憧れたものだけど、その香りを嗅いだのは大人になってからで、「なんだ、こんなもんなのか」とがっかりしたことを覚えている。

先日TVを見ていたら、「共感覚」というテーマのドキュメンタリーをやっていた。「共感覚」というのは、数字を見て色を感じたり、言葉を聞いて味を感じたりする人のことで、昔から存在することは知られていたが、そう申し出る人がいても周囲からは気のせいだと思われていた。が、たまたま共感覚の持ち主で晩年失明した人がいて、その人の脳を調べたら、確かに言葉を聞いた時に色彩を感じる場所が機能していることが判明して、嘘ではないことが証明されたのだという。

この感覚は、実は多かれ少なかれかなりの人間が所有していることが最近少しずつ分かってきた。なぜこんな感覚があるのかは長い間疑問だったが、最近では、この「共感覚」こそが、人類の言語能力の獲得に大きく関係しているのではないかと言われている。

例えば、こんな実験があった。一枚のボードに、ハリネズミのようにぎざぎざに囲まれた模様と、雲のように楕円でできた模様が二つ並べて描いてある。このボードを、夏の混んだ海水浴場でさまざまな年代の人に見せて、「どっちがキティでどっちがマリーか」と尋ねるのである。そうすると、何も説明しないのにもかかわらず、ほぼ全員が、ぎざぎざのほうがキティで、楕円のほうがマリーだと答えるのである。音のイメージと、視覚のイメージを無意識のうちに一致させているのだ。つまり、共感覚が、人類にイメージを共有させ、その共有するイメージが抽象的な記号である言語を産み出し、互いに意思の疎通を図ることを成功させたのではないかと考えられているのだ。

恐らくそれは、言語のみならず文化や芸術といったものの成立にも大きな影響を与えているはずだ。私が銀座を抜けて晴海通りに出るといつも海の匂いを感じたり、新幹線から京都駅に降り立つといつもお粥《かゆ》の匂いを感じるように、感覚が繋がりあうことで、イメージの共有のみならずイマジネーションの拡大にも一役買っているのだろう。

フリーで家にこもって仕事をしていると、外出した時に、物理的ではないものにもさまざまな匂いがあることに気づく。例えば、よく感じるのは組織の匂いだ。たまに用があってオフィスビルに行ったり、出版社の会議室に入ったりすると、人間が一緒に生産活動をしている、「組織の匂い」としかいいようのないものを強く感じる。混んだスクランブル交差点や、電車が遅れていて客のたまっている駅のホームには苛立《いらだ》ちの匂いや憎悪の匂い、朝の夏の倦怠《けんたい》の匂い、それどころか、一週間もこもっていたり缶詰になっていたりすると、外に出て「人間の匂い」そのものにギョッとすることもある。

しかし、今はかつてないほどの香り産業全盛と共に、匂いを排除する産業も年々拡大している。口臭や体臭はもちろん、生鮮食品や醗酵《はっこう》食品の匂いなど、本来匂いを含めて売り物であったものからも匂いが失われようとしているのだ。

食品がまだ食べられるかどうか、専《もっぱ》ら鼻で匂いを嗅いで判断してきたのに、今や匂いもしないし、なかなかモノは腐らない。かつて、母親は子供たちが出たあとのトイレの匂いでみんなの体調を把握していたが、今は匂いが恥ずかしいからと小さな子まで消臭に走る。こうして、腐臭や体臭が発してきた何かの危険信号は、人工的な美しい香りに隠蔽されて、人が本来持っていた危険物に対する勘や、複雑かつ豊饒《ほうじょう》に絡み合っていた、人類の共有してきたイマジネーションを衰えさせていく。

私は時々、何かが燃えているようなひどくきな臭い匂いを嗅ぐことがある。

それはいつも突然のことで、ハッとして周囲を見回す。どこかで火事でも起きているのか、それとも近所で焚《た》き火でもしているのかと探してみても見当たらず、いつのまにか匂いは消えている。これは何かの共感覚なのかもしれない。果たして何が引き金になっているのか、いったい私に何を教えようとしているのかはさっぱり分からないのだが。

4

携帯電話は、いつもなぜかぴったり二年で壊れてしまう。少なくとも、これまで買ったものは皆そうだった。

もちろん、ここまでモデルチェンジが頻繁《ひんぱん》に行われ、少数多品種化が進んでいる分野であるからして、同じものが手に入る可能性はゼロに近い。

デジタルで映像が送れるようになったのだから、携帯電話にカメラを付けようと考えついた人間は偉いと思うが、結果、別にカメラを必要としていない私のような人間も、カメラ付き携帯電話を購入せざるを得なくなった。今や付いていないものを探す方が難しいからだ。購入して半年以上経《た》つが、未だに一度もカメラを使ったことがない。商売柄、営業の必要上、写真を撮られることが多い。

写真を撮られるというのは難しいもので、いつも緊張するし、なかなか慣れない。だんだんシャッターと瞬《まばた》きが合ってきてしまって、苦笑することもある（逆に、どんなショットでも、どんな瞬間でも、必ず同じ表情で写っている人もいるが、あれはあれでよく考えると結構怖い）。

そんな時、カメラマンの中には、「そうですよねえ。緊張しますよねえ。私も、撮るのはいいんですけど、撮られるのは嫌いなんです」と言う人がたまにいる。恐らく、こちらの緊張をほぐし、共感したいと思って言ってくれているのだろうが、そう言われる度に腹が立つ。自分が撮るのは構わないのか、あなたが常に撮る側にいるのは当然なのか、と。

なるほど、携帯電話のカメラを不用意に突き出してパシャパシャ撮っている人たちに違和感を覚えるのは、自分だけはカメラを向ける側にいる、自分だけは安全圏にいるという根拠のない思い込みの傲慢《ごうまん》さのせいなのだろう。しかも、今の携帯電話の形状からいって、彼らはまるで視力検査をしているみたいなのである。

視力検査で、目を押さえる黒いしゃもじみたいなのがある。しゃもじは視界を遮《さえぎ》って、検査表との距離感を測るだけなのだが、携帯電話のカメラもただ被写体と自分との距離を確認するためだけであって、決して対象そのものを確認したいわけではないのだ。むしろ、対象と自分を遮断し、掌《てのひら》を向けて否定しているように見える。いちいちあんなに小さな枠の中に収めなくても、その外側に、いま目の前に、実物大でそのものが存在しているというのに、あの小さな枠を通してでしかその存在を確認できないのだ。

ＣＤが登場し、パソコンが登場し、デジタルカメラが登場した今の世界は、「検索」が幅を利かす世界である。これまでひとつひとつが入手困難であった情報が最初からすべてそこにあって、瞬時に手に入るとなれば、情報の全体量などどうでもよくなってくる。むしろ、タンスの肥やしのように思えて、全貌を把握することが無駄に感じられる。当然、ひとつひとつの情報のありがたみも下がる。最近の若い人などは、触れる前から、既にその巨大な知識に満足してしまっているばかりか、時に辟易《へきえき》しているような気がする。

同時に、記録と表現の技術であった写真は、反芻《はんすう》と確認のメディアとなった。日頃、散歩をしていても、カメラを手にする人の多さに驚く。携帯電話のカメラのみならず、一眼レフやデジタルカメラを手に、日常生活を送る人がやたらと目につく。

これまで、人間は客観性を獲得するために試行錯誤を繰り返してきた。活字も写真も放送も、いかに主観や偏見という思い込みから逃れて、第三者の視点を獲得すべきかということが人にとっての至上命題だったのである。

ところが、町角できょろきょろと写真を撮る対象を捜している人々を見るに、写真というのが今や恐ろしく私的で主観的なメディアになりつつあるのを感じる。

私も取材に行くと大量の写真を撮る。最初のうちは後で役に立つかもしれないとひたすら撮りまくっていたが、結局のところ、後で写真を見ながら考えるのは、この写真を撮った時に何を考えていたか、何をイメージしていたか、なのである。写っているものは記憶のよすがでしかなく、決して対象そのものを残そうとしているわけではない。

なんでもない石畳の影や、暮れなずむ空など、それを撮りたいと思った瞬間の気持ちを思い出すために私は写真を撮っている。その気持ちの中に、何かのヒントが隠されていないかと祈りながら。みんなが散歩の途中に写真を撮るのも、「私」から見た世界、「私」が感じた世界を認識し、繫ぎ止めておくためなのだろう。

そして、旅の後に残される大量の写真を見ながら、いつも絶望するのだ。

なんとまあ、写真というのは不完全なのだろう、見たもの、感じたものの僅《わず》かな一部分すら写し取れないのか、と。親しい友人の美しさなど欠片《かけら》も分からないし、流れる雲の不穏さ、神々しさも分からない。たぶん、技術のせいだけではないのだろう。どんなに機械が進歩し、毎日大勢の人々が沢山写真を撮ろうと、そこから零《こぼ》れ落ちる世界の無限さはどんどん増すばかりだ。

そのいっぽうで、かつて客観性を獲得するために必死に撮られた古い写真にハッとさせられることもある。

少し前に、ドイツの現代の若い写真家の展覧会と共に、二十世紀初頭にその時代を生きる市井の人々の肖像写真を撮り続けたアウグスト・ザンダーの写真展が開催されたことがあった。現代の写真も面白く、どれも大きなパネルで展示されていたのだが、それ以上に惹《ひ》きつけられたのは、ザンダーのごく小さな白黒プリントの、何の変哲もない家族写真のほうだった。

中でも、近年、アメリカの作家がその写真を題材にしたことでも有名な、三人の若い農民の写真には驚いた。踊りに行くところだというのだから、よそゆきの服装なのだろう。帽子をかぶり、ステッキを突いて正装した彼らが殺風景な野原で振り返っているところを捉えた写真だが、振り向いた彼らの視線は不思議そうでもあり、怪訝《けげん》そうでもあり、完全に素の表情なのだが、確実に写真を見る現代の私を射抜いている。

なんのために写真を撮るのか、それがいったい何になるというのか。記録するというのはどういうことなのか。百年近く昔の彼らのまなざしは、今もそれが重要な問題であることを教えてくれる。

どんなところから小説のヒントを思いつくんですか、とよく聞かれる。

どこからなんでしょうねえ、と首をひねりつつ答える。自分でもよく分からない。小説によっても異なるし、いつも同じ手段で思いつくわけでもないからだ。

私の場合、9・11のような具体的な事件に衝撃を受けたり触発されたりというよりは、ふと目にした景色や、新聞の片隅に載っていた小さな記事が心のどこかに残っていて、ある場面に発展していく、というパターンのほうが多い。

たとえば、今印象に残っている新聞記事はこうだ。

兄が交通事故死した現場に花を供えに行った妹が、兄の命日に同じ場所で事故にあって亡くなってしまった。ある地方都市で大雨が降った日、宅配便会社のシンボルマークである飛脚そっくりの格好をした男が雨の中を駆け抜けていくのを何人もが目撃した。全く外傷もなくウイルス感染の痕跡もない健康そのものの雀が原因不明で大量に突然死した。

こういう記事に、何かの気配を感じる。

「これ、小説になるな」や「いいネタになる」と思うのではなく、身体のどこかが不穏にざわざわする何か。私は子供の頃からそういうものを探していた。たぶん、小説家になっていなくとも、探し続けていたと思う。それは、新聞の片隅や、雑踏の中で耳にした会話や、目の前を通り過ぎる景色の中に隠されている。

だから、旅に出るのが楽しみだ。旅には普段の散歩も含まれていて、移動そのものが好きなのである。遭遇する猫の数を数えたり、神田川の橋で一箇所だけ新宿のパークタワーが綺麗に見える場所があって、そこが他の橋とどう違うのか考えるのは楽しい。

子供の頃から妄想力は人一倍あった上に引っ越しが多かったので、今となっては本当に見た風景なのか分からないイメージが幾つかある。

そのひとつに、収穫後の冬の田んぼにアップライトピアノが置いてある、という場面があり、時々車窓で田んぼを見ると思い出す。イメージの中ではがらんとした田んぼは無人で、送電線を頂《いただ》く鉄塔がずっと遠くまで延びているのだ。実際に見たわけではないのかもしれない。なにしろ、私は母の持っていた『暮しの手帖』のバックナンバーのパリの写真を繰り返し眺めているうちに、自分はパリに行ったことがある、と固く信じ込んでいたこともあるくらいだし。けれど、阪神淡路大震災からしばらくして、町がまるまる焼けて跡形もなく倒壊しているのに、町角にぽつんと完全な形で残っているアップライトピアノの写真を見た時は本当に驚いた。その写真の構図が、背後の景色は違っても、記憶の中のものとそっくりだったからである。

どこかに出かけると、強い既視感を覚えることが多い。しかも、非常にはっきりと、半ば恐怖に近い既視感に揺さぶられることもしばしばだ。

先日、山奥を舞台にした小説を書くために、はるばる四国の山の中に出かけていった。

こんな時、日本という国は、山国だと実感する。どんな都会でも、車で三十分も走ればば山の中にいるからだ。特に、今回訪れた町は、唐突に市街地から深山幽谷《しんざんゆうこく》に移動する、という奇妙なギャップに幾度となく驚かされた。

春の柔らかな緑に染め上げられていく山々は美しく、どこまでも連なる峰は空に溶けて神々しい。歴史のある街道を辿って、時々車でショートカットしながらも、えんえんと国道に沿って歩いた。

行く手に、ぽっかりと開いたトンネルが現れた。

全長一キロ余りのトンネルで、中はオレンジ色の光がぼんやりと続いている。ゆるやかな上り坂になっているせいで出口が全く見えない。

トンネルの中の歩道を歩いていると、トラックの轟音《ごうおん》が、ホラー映画のドルビーサラウンドと同じ効果を発揮して、異様に怖い。同行者に話し掛けようとしても、声が聞こえない。どこかから水が漏《も》れ、壁をじわじわと伝っている。

もちろん、前後に数キロに亘《わた》って集落のない、山のど真ん中だ。我々以外は人っ子一人見当たらず、対向車のトラックの運転手がのろのろ歩いている私たちのことを幽霊かと思い、ギョッとした顔をするのを見たような気がした。

殺風景なトンネルは、歩いても歩いても出口が見えなかった。やがて、自分たちが入ってきた入口が見えなくなり、オレンジ色の照明のみに包まれて世界が色を消した時、猛烈な既視感が押し寄せてきた。

これと同じ体験をした、こんなことが前にもあった。居ても立っても居られなくなるような、文字通り目の前がぐらぐらするような感覚である。

そして、私は、空から山の中のうねうねした国道を見下ろしているイメージを見た。路肩に乗用車が停まっていて、脇でまだ四、五歳くらいの小さな女の子が地面に座り込んでわんわん泣いている。そして、少女の近くにある車は、座り込んでいる彼女と同じくらいの高さしかない。なぜか、上から巨大なプレス機で押し潰したかのように、均一に平らに押し潰されているのだ。窓は跡形もなく、燃えた様子もない——。

トンネルを抜ける頃には、そのイメージは消え失せていたが、確かにこのイメージは以前にも思い浮かべたことがあることを思い出していた。

以来、私の頭の中では、険しい山を抜ける国道のアスファルトの上を、身なりのよい幼い少女がてくてくと一人で歩いていくイメージが消えないのだ。

イメージはどこから来るのだろう。最近、多元宇宙や平行宇宙の存在が真面目に論議されているが、旅はある意味で日常に平行する宇宙だ。一人黙々と見知らぬ景色の中を歩く時、私は別の人生を生きていることを感じる。なぜか、壮年の男性だったり、ほとんど人に会わず自然の中で暮らしていた老女になっていたりする自分を実感し、その記憶に引き裂かれそうになる。奇妙なことに、旅をしていると、今この瞬間も別の自分がたくさんの別の世界で大勢生きているような気がするのである。

もしかすると、この世界で妄想だと思って小説を書いている私は、別の世界で生きる私が、意識下に圧《お》し殺しているイメージのひとつなのかもしれない。

（「ジェイヌード」２００６・４／５、４／20、５／６、６／６、６／21）

I　面白い本はすべてエンタメ

マンダレーの影

ダフネ・デュ・モーリア『レベッカ』

注意：『レベッカ』はとっても面白い小説です。この解説で思いっきりネタばらしをしていますので、何卒《なにとぞ》、本文をお読みになってからこちらをお読みください。

I　女将《おかみ》志願

『レベッカ』を読んでいて、唐突に、遠い昔のことを思い出した。

場所は富山。当時の私は小学校五年生になったばかり。私の学区では集団登校が行われており、近所の児童公園に朝集まり、いちばんの年長者を先頭に、整列して登校するならわしであった。元々学校が嫌いで、常に集団のいちばん後ろについてのろのろ歩いていた私は、その新学期の朝、いつのまにかこの集団で自分が最年長になっていることに気付いたのである。実は他にも男の子が何人か同学年にいたのだが、どういうわけかその日の朝、私しかそこにいなかったのだ。あの時の動揺。私はどうしても「さあ、みんな、行くよ」の一言が言えず、みんなの目を避けるようにもぞもぞと歩きだした。すると、下級生たちがなんとなく後についてきて、なんとなくみんなで学校に向かったのであった。学校に着くまでのいたたまれなさといったら。「みんなが私の指示を待っている。私が指示を出さなければ、何も始まらない」というあの時の動揺を、まざまざと三十年ぶりくらいに思い出したのである。

世の中には人を使える人間と使えない人間がいて、私は明らかに後者である。『レベッカ』のヒロインも、ダフネ・デュ・モーリアも同じタイプだろう。

久々に『レベッカ』を読み、私はとにかく「わたし」の境遇に深く同情し、自分がこんな事態に陥ったらと震えあがった。ロクに社会経験も教養もなく、全く人を使ったことのない小娘が、地元の名所である歴史ある巨大な領地で数十人の使用人を仕切らなければならないなんて、考えただけでゾッとする。しかも顔も知らない隣人やら客やらが押し寄せてきて、その相手をしたり、パーティーを主催したりしなければならないなんて。ロバート・アルトマンの映画『ゴスフォード・パーク』はミステリ仕立てでイギリスの「階級」をシビアに描いているが、中で貴族の大屋敷のメードが、訪問客の服のレースを「あんな安物のレース」と馬鹿にする場面がある。『レベッカ』の「わたし」の下着を手に取ったハウスメード・アリスがそのみすぼらしさにあきれる顔を目撃するところで、くっきりとその場面を思い出した。「わたし」の受ける屈辱の数々、いやはや、想像するに余りある。

その一方で、女性には「女将願望」とでも呼ぶべき欲望があることも確かなようである。近年、旅館や料亭の女将になるための塾が盛況であると聞く。夫の片腕として最高のホステス役を務められることは昔も今も洋の東西を問わず、女性としてのステイタスであるらしい。そして、完璧なホステスであったレベッカ、小説のタイトルでもあり強烈に名前を脳裡に焼きつけられるレベッカと名無しのヒロインのこの物語は、今も昔も若い女性にとって「玉の輿《こし》」はリスクの高い賭《か》けであり、「玉の輿」の対象となるような結婚は「事業経営」に等しいという現実と、経営手腕のない女の「玉の輿」の不幸をまざまざと見せつける話なのであった。

Ⅱ　完璧な物語

それにしても、完璧な小説である。

いみじくも最初に読んだ編集者が言ったとおり、「読者の求めるものすべて」が備わっている。いい意味での通俗さと真の優雅さが完璧なバランスを保っており、スタンダードとなりうる作品だけが持つ揺るぎないオーラがある。

かつて面白かった小説を再読するのには勇気がいるものだが、『レベッカ』の再読に苦労はいらず（むろん、訳の読みやすさと、女性が訳したという安心感もあるだろう）、その面白さに改めて驚嘆した。筋を知っているにもかかわらず、記憶の中にあった強烈なサスペンスの印象は全く変わらなかったのである。まさに完璧なプロット。全く無駄がなく、細かい部分にも唸《うな》らされた。

なんといっても、あの素晴らしい書き出し。

ゆうべ、またマンダレーに行った夢を見た。

この謎めいた書き出し、「マンダレー」という言葉の響き、ゴシック・ロマンのスタートにこれほどぴったりな出だしはない。現在の回想の場面から始まり、少しずつ過去をフラッシュバックさせ、現在と行きつ戻りつしながらもやがて読者を過去のマンダレーへと引き込んでいく。小出しにされるレベッカの情報。じわじわと染みてくるレベッカの影。便箋《びんせん》、花瓶《かびん》、磁器のキューピッドなどの小道具、加速する疑惑と憎悪。認知症の祖母が「わたし」に向かって「レベッカに会いたいの。みんなしてレベッカをどうしたの？」と叫ぶところや、仮装舞踏会でわくわくしながら舞台に飛び出したのに、一瞬にして奈落の底に突き落とされ凍りつく場面など、女性作家ならではの場面で実にうまい。

更に、話の緩急の付け方が素晴らしい。ヒッチコックの映画でも印象的な、ダンヴァーズ夫人にヒロインが自殺を唆《そそのか》される場面。マキシムとは終わったと絶望し、衝動的に詰め寄った「わたし」にダンヴァーズ夫人が見せるのが悪意でも嘲笑《ちょうしょう》でもなく、老いと悲しみであるところが凄《すご》い。その悲しみが高じて一転、逆に「わたし」を追い詰めていくここの異様な雰囲気も凄《すさ》まじいが、そこで信号弾が鳴り、二人が我に返るところに感心した。この信号弾を境に、座礁《ざしょう》した船を救出するところから一気に話が動きだし、息詰まるサスペンスに満ちたクライマックスまでなだれこんでいく展開は見事だ。ダフネは読者の呼吸をよくつかみ、手綱《たづな》を緩めたり引いたりして目的地まで読者を引っ張っていく。意図的というよりも、本能的であろうその手管《てくだ》にほれぼれした。

今回読んでとても驚いたのは、マンダレーが炎上する場面が全く描かれていなかったことである。闇の中でマンダレーが燃え上がり、バルコニーにダンヴァーズ夫人のシルエットが浮かぶという記憶があったので、てっきり小説にその描写があると思い込んでいたのだ。ところが、そんな場面どころか、炎上を示唆するのはラストの一文のみ。

そして海からの潮風に乗って、灰が飛んできた。

愕然《がくぜん》とし、ここでまた唸った。冒頭の第一章でも示唆されていたマンダレーの最期が、たったこれだけで描かれているとは。デュ・モーリア、本当に凄い。

III 「わたし」とは誰か

そう、「わたし」はついに最後までその名前を明かされることはない。にもかかわらず、かつての重厚な「ゴシック・ロマン」そのままのイメージだった『レベッカ』が今回新訳になったことで、この小説の読みどころが「わたし」の愛と成熟になったことは間違いないだろう。

その点について考える時、「わたし」の愛は非常に厄介で倫理的にも問題がある。なにしろ、この物語が「わたし」のビルドゥングス・ロマンへと変貌し始めるのは、マキシムがレベッカを殺害したことを告白した時であり、その時「わたし」の頭の中にあるのは、彼がレベッカを殺害したという衝撃ではなく、「彼はレベッカを愛していなかった!」という一点だけなのだ。彼女には、「レベッカに勝った」という歓喜しかない。恐ろしい犯罪の糾弾《きゅうだん》よりも、彼をかばい愛することを選ぶ「わたし」は、その代償に無《む》垢《く》な少女時代を失う。

これでこころおきなくマキシムと一緒にいられる。マキシムに触れ、マキシムを抱きしめ、自由にマキシムを愛することができる。わたしは二度と子どもにはもどらない。これからはわたし、わたし、わたしだけではない。わたしたちになるのだ。わたしたちに――。

一夜にして変貌を遂げた「わたし」にマキシムは言う。

このことがきみにしてしまったこと、それが頭を離れない。昼食のときもね、ずっときみを見ていてそのことばかり考えていた。ぼくが好きだったあの表情、なんだか途方に暮れたような、あのおかしな初々しい感じ、あれが消えてしまった。もうもどってこない。レベッカのことを打ち明けたとき、ぼくはあの表情も殺してしまったんだ。二十四時間で消えてしまった。きみはすっかりおとなになった……

愛の勝利なのだろうか？　本当に、「わたし」は勝ったのだろうか？

その答えは、実は最初から提示されている。冒頭の「現在」の場面を覆う暗さ、陰鬱さはどうしたことだろう。「穏やかな日々」を送り、「すべてはよくなる」と匂わせてはいるものの、マキシムにはもはや覇気はなく、このまま「わたし」に依存して生きていくことは明らかである。「わたし」は彼を手に入れた。にもかかわらず、「わたし」は

「ゆうべもまた」マンダレーの夢を見たのだ。「ただの抜け殻ではなく、かつてのように息づき、生きているとしか思えなくなってきた」マンダレーの夢を。

証拠はそこここにある。『レベッカ』を読むと、「わたし」の心情描写は、すべてマンダレーの風景描写に託して描かれていることに気付くのだ。そして、執拗《しつよう》に繰り返し強調されるマンダレーの揺るぎなき日常。

来る日も来る日も繰り返される厳粛な儀式がまた執り行われる。テーブルの垂れ板をあげ、脚を調節し、雪のように白いテーブルクロスをかけ、銀のティーポットを置き、保温用の炎の上にケトルを置く。スコーンにサンドイッチ、三種類のケーキ。

何が起ころうと日課は変わりなく行われる。（中略）わたしたちは同じことをする。食べたり、眠ったり、入浴したりという行為を演じる。どんな危機に見舞われても習慣の殻を打ち破るには至らない。

マンダレーの平安、その優美さと静謐。屋敷に誰が住もうと、どんな軋轢や問題があろうと、マンダレーのこの平安を破ることも、その美しさを壊すこともできない。幾多の不安や苦しみがあろうと、どれほどの涙が流され、どのような悲しみが生じようと、屋敷が変わることはない。

なにびともけっしてマンダレーを傷つけることはできない。屋敷は林に護られ、まるで魔法にかけられたかのようにやすらかに窪地に横たわり、眼下の小石の浜に、波が打ち寄せては砕ける。

「わたし」が感応していたのは、美しき日常であるその場所であった。マキシムもレベッカもダンヴァーズ夫人もその壮麗な存在の彩りに過ぎぬ。その場所は、失われたことによって完全な存在となり、「わたし」もマキシムもその記憶から逃れることはできない。やがては失われたものへの渇望に苛《さいな》まれ、それをイメージの中で何度も構築し続けるためだけに生きていくことになるのだろう。「わたし」は元々そのための存在だったのだ。「そこ」を汚した者たちから奪還するために「そこ」から遣わされた「わたし」に、名前が存在しないのも当然のことなのである。

（新潮文庫解説　２００８・２）

一人称の罠《わな》

小説を書く時、一人称で書くか、三人称で書くかというのは結構大きな問題である。私は一人称がとても苦手なので、だいたい三人称か、一人称で書く時は章ごとに語り手の人物が変わる構成の一人称を採用することが多い。

そもそも、一人称の小説が苦手だと気づいたのは専業作家になってからのことで、それも編集者やインタビュアーに度々質問されるうちに、なぜだろうと自分でも考えるようになったのである。その結果、複数の理由があるが、いちばん大きな理由は、子供のころに読んだ本がみな三人称だったから、という単純なものだった。

初めての絵本も、児童文学も、かつてお話のほとんどは三人称だった。文字通り、絵本や児童文学で、世界を俯瞰《ふかん》し、自分を外側から見ることを覚えていったように思う。

それに、私の印象では、かれこれ三十年も前は、一人称を使うのは、一人称を使うこと自体にお話の仕掛けがあるか、かなり突っ張った、既成の大人社会への抵抗を示す場合のみだった。だからこそ、サリンジャーの『ライ麦畑でつかまえて』や庄司薫が若者に熱狂的に受け入れられたのであり、今現在、村上春樹が世界で「青年の文学」として人気を博しているのだと思う。

そのいっぽうで、私には小説を書き始めたころから、一人称というものが言わば「禁じ手」のように感じられていた。たいした技術も経験もないのに三人称で書くという、言わば大海に放り出されたような心もとなさを感じていた時、「そうか、一人称という手があるな」と思ったことはしばしばあり、実際、書いてみると書き易く、ハードルが低く感じられた（それは罠なのであるが）のだが、「いや、最初からこれをやってしまってはいけない」という直感が身体のどこかにあって、結局避けたことをよく覚えている。もっとも、私の書くような話にはミステリー的要素が多いので、仕掛け上、一人称には向かなかったという理由もある。

考えてみると、日本の近代以降の「私小説」というジャンルですら、一人称を使っているものはまれである。太宰治ですら、「読者に語りかける作家」という印象から一人称をいっぱい使っていそうだが、そうでもない。どちらかといえば彼は二人称の作家という珍しいタイプかもしれない。

最近つくづく思うのだが、一人称という形式には、いっぱい罠が仕掛けられている。

特に純文学であればどうしても作者と同一視されてしまうし、実際「これは私ではない」と意識しつつも「私」の物語を「私」の視点だけで綴《つづ》っていくというのは、二重の檻《おり》に入れられているようなもので、そこのところに私は強い抵抗を感じてしまう。よほど強い自己客観性を持っていない限り、管理と制御が難しい形式なのだ。

逆に、「謙作は」と名前を付け、登場人物として突き放してしまえば、かえってそこに私事や私情をすんなりと入れやすい。近代の作家はそこのところを理解していたのだろう。

また、読むほうにも一人称には「共感」という大きな罠がある。近年発達したいわゆるヤングアダルト系の小説は、「僕」や「あたし」が親しみやすい口調で世界への違和感を語り、「ここに私のことを分かってくれている人がいる」という共感を抱くようにできているものが多いが、だからといって「共感」がほんとうに「理解」とイコールなのか、共感できない人は「私のこと」を分かってくれていないのかという、根本的な問題に気付きにくくなっているのである。

しかし、ここ十年くらいで、一人称の性質は大きく変わった。知りあいの編集者に聞いたところ、純文学系の新人賞の応募作品は、ほぼ九十九パーセント一人称だという。それも、実作者と一人称の「私」はほぼ一致し、そのことに抵抗がないようなのだ。

世界が一人称になりつつあることは、日々感じている。特に、携帯電話が行き渡って、一人称をパブリックの場所に持ち込むことすら日常になった。世界は「私」になり、「私」をそのまま世界に一致させることに抵抗がなくなったし、世界の中にいる「私」

を俯瞰するよりも「私」という檻の中から世界を見、「私が傷つき」「私が癒され」ることが最優先になったのである。しきりに「私って」と呟《つぶや》く彼らは、そのまま一人称の罠にどっぷり浸かっている。「私」を表現するには、冷徹な自己観察力を必要とすること、「私」の視点でいる限り、いつまでも自分を発見できないこと。「本当の私」をつかむには、何より三人称の視点を獲得する以外ないという、逆説めいた事実を受け入れるしかないのだということを。

（「中学校　国語教育相談室」２００８・９）

喪失について

ロバート・ネイサン『ジェニーの肖像』

正直なところ、昔も今もロバート・ネイサンについてはほとんど何も知らない。『ジェニーの肖像』が映画化されたことと、彼の幾つかの作品が、小品ながら一部の人々に長く愛されてきたこと以外には。

『ジェニーの肖像』を最初に読んだのは、小学校六年くらいだった。何かに紹介されているのを見て、手に取ったのだ。短くて読みやすそうだと思ったのかもしれない。

穏やかな物語は、さりげなく始まり、するすると通り過ぎてあっというまに終わってしまった。終わったのかどうかも分からなかったくらいだ。あっけに取られたし、ちゃんと内容も把握できなかった。けれど、何かが心に引っ掛かっていた。

以来、何度読んだか分からない。その都度首をひねっていたような気がする。ファンタジー、とか、SF、などと無邪気に呼ぶことにも抵抗があった。そういうレッテルではくくることのできないものがこの小説にはあったのだ。

改めて読み返してみると、こんなにも地味でカタルシスのない物語が今の世に残っていることに驚かされる。泣くための涙、共感できることの確認のための涙、涙のための涙に溢《あふ》れた物語が蔓延するこの時代に。

しかし、同時に、かつて子供の頃に読んだ時の感触が今も変わらないことにも驚かされた。しっとりとした物静かな読み心地。心のどこかにいつもさざなみが立っていて、痛いような切なさにざわめくこの不安な感じ。

ネイサンの小説には、うつろう季節の光が射し込み、ざらざらした風がいつも吹いている。空気は片時も同じ色をしておらず、晴れた空にも雨の予感がいつも漂っている。

それは、彼の感じている喪失の予感なのだ。


今回、新訳でカップリングされている『ジェニーの肖像』と『それゆえに愛は戻る』からは、非常によく似た印象を受ける。

売れない芸術家のもとを訪れる美しい女性。しかし、彼女の存在は現実を超越している。片や時を超え、僅《わず》かな期間にあっというまに成長していく娘。片や、亡くした妻への想いが形となって、海からやってくる女。どちらも主人公から彼女を訪ねていくことはできず、いつもやってくるのは彼女のほう。彼ができるのは、つかのまの逢瀬《おうせ》を待つことだけ。しかも、この逢瀬には必ず終わりが来ることを出会ったその瞬間から常に感じ続けているし、その幕切れは突然にやってくる。予測もつかないハリケーンや、乾燥した丘の火事という自然現象を境にして――

なぜネイサンはこのような話を何度も書いたのだろう。

まず考えられるのは、彼が詩人であることから、ジェニーやキャスリーンが芸術家を訪れる霊感の象徴だということだ。彼女たちが自分に逢いにきてくれるかどうかという不安は、主人公たちの、自分の作品にインスピレーションが訪れてくれるかという恐怖と重ね合わせて語られる。若い芸術家にとって、自分には霊感が訪れるのか、それは一度だけなのか、この先も訪れるのか、続けていけるのか、というのは非常に大きな問題であり、恐怖である。

自分ではインスピレーションをコントロールできず、ひたすら女神がやってきてキスしてくれるのを待つ、というのはまさに全ての不安な若き芸術家の境遇ではないだろうか。彼らは、いつか失われる霊感に怯《おび》えつつ暮らしている。彼らにとって、霊感とはいつかやってこなくなるジェニーやキャスリーンのようなものなのだ。それくらい、芸術とは人間にとっての僥倖《ぎょうこう》であり、崇高なものでもある。

しかし、ネイサンの主人公たちには、自己憐憫《れんびん》が微塵《みじん》も感じられない。彼らには、乾いた諦観《ていかん》めいたものがある。大事なものを喪うことを、どこかで最初から受け入れているのだ。それが、ネイサンの作品を珠玉のものにしているのである。

ネイサンや彼の描く芸術家たちにとって、「予《あらかじ》め喪《うしな》われて」いることが人生の正常な状態なのだろう。言い換えれば、喪失の中にこそ人生があり、芸術がある。逆に、喪って初めて得るものもあるし、喪わなければ手に入らないものがあるのだ。彼らはそちらの存在のほうが、人間にとっての真実であることを直観で知っているのである。

いや、ネイサンだけではない。私たちは、誰もがそのことを生まれながらに知っている。失う苦さ、やるせなさ、つらさの中に人生の本質があることに子供の頃から薄々気付いている。

時間や、若さや、夢や、みずみずしい感情や、愛する者を失うことの中に。

だからこそ、私は何度もこの小説を手に取ったし、手に取った誰もがこの小説のことを覚えていて、今もこうして新たに誰かが手に取ろうとしている。

ネイサンの小説の主人公を取り巻く登場人物は、皆控えめで伏し目がちだ。そっと寄り添い、肩に手を置いて去っていく。誰も主人公を助けることはできないけれど、遠くで見守っていてくれる。

ネイサンの小説は、私たちにとって、主人公にとってのミス・スピニーやミスター・マシューズ、ディックやアリスのようなものだ。

小説は作りものだし、読者の苦しみを肩代わりはできない。だが、私たちにそっと寄り添って、私たちが一人きりではないことを今も教えてくれているのだ。

（創元推理文庫解説　２００５・５）

深化する

小川洋子の小説

作家の選ぶ題材というのは鶏《にわとり》が先か卵が先かというところがあって、時として、作者が題材を選んでいるつもりでいて、実は題材のほうが作者を選んでいるのではないかと思うことがある。

小川洋子の場合も、初期から好みのモチーフははっきりしていた。パーツとしての肉体。標本。集めて整理する。コレクションの収蔵場所としての建物。特化された博物館。そういう場所に住みついている管理人。珍しいものが網羅《もうら》された図鑑。古い書物。心地よく秘密めいた儀式。動物たち。「科学的な」もの。そういったモチーフは、砕け散ったばかりの星々の欠片《かけら》のごとく、最初のうちは小川洋子の周りをふわふわ所在なさげに漂っていたが、時間が経《た》ち作品数が増えるにつれ、きちんと円を描いて規則正しく回るようになったし、そのひとつひとつを見分けられるようになった。

ましてや、ここ数年は、小川洋子の引力に、「なるほど、これはどう考えても小川洋子である」という題材が引き寄せられてきている感がある。

特に『猫を抱いて象と泳ぐ』のチェス、あるいはチェスプレイヤーという存在くらい、近年小川洋子的なものは見つからないだろう。『博士の愛した数式』における数学者もそうであったが、彼らの存在のある種のいびつさ、傷ましさ、悲劇性といったものが、小川洋子の求めるモチーフにしっかり収まる。それというのも、小川洋子という作家には全く悲劇趣味がないからである。悲劇をきちんと書けるのは悲劇趣味がない作家だけで、存在そのものが悲劇的であるチェスプレイヤーを描けるのは、現在どう考えてもやはり小川洋子しかいない。

国民作家、川端康成は本質的には猟奇《りょうき》作家であり、大変態作家だった。その幸福な上澄みである『雪国』や『古都』を愛する国民が、やはり本質的には猟奇作家であり変態作家である小川洋子（もちろん、誉め言葉である）の幸福な上澄みである『博士の愛した数式』を愛したのだと思うと、日本国民、なかなか侮れないものがある。表面ではかなりのカマトトぶりだが、たぶん無意識に共有している価値観において、自分たちが相当な変態であるとどこかで承知しているのだ。しかし、『猫を抱いて象と泳ぐ』を書いた小川洋子は、小説というもの、あるいは自分の小説が幸福な上澄みとして読まれることをどこかきっぱりと拒絶したように思える。上澄みは、底に沈んだ泥や不純物と元は一体だったのだとこの小説で証明してみせたのだ。そう考えると、『ミーナの行進』においても、川端康成自殺の報を受け、図書館で最初は『伊豆の踊子』などを借りていた朋子が『眠れる美女』を借り出すところが、やけに意味深に感じられてくるのである。

（「文藝」２００９・秋）

ブラッドベリは変わらない

レイ・ブラッドベリ『塵《ちり》よりよみがえり』

レイ・ブラッドベリ。

この名前を呟《つぶや》くだけで、何やら甘酸《あまず》っぱく切ない心地になる人は多いはずだ。私もその一人ゆえ、以下、些《いささ》か冷静さを欠いた個人的エッセイになることをお許しいただきたい。

私は、SFは青春小説だと思っている。大人になる過程で、自分と世界に向き合う季節に求めるもの。それがSFだ。中でも、ブラッドベリの作品は、青春小説であるSFの、青春たる象徴である気がする。

生と死に出会う少年。イリノイの十月。ハロウィンの夜。屋根裏部屋にある古いもの。ブラッドベリと聞いて思い浮かべるイメージはいつもそうだ。少年たちの季節である夏が終わり秋が来て、黄金色の原っぱに風が吹き抜け、彼らは大人になる。

ブラッドベリは「SFの詩人」、彼の作品は「サイエンス・ファンタジー」と称されることが多い。トリュフォーが映画化した焚書《ふんしょ》国家を描いた『華氏四五一度』が、「本のページに火がつき、燃えあがる温度」と頭に刷り込まれている本好きも少なくないはずだ。

けれどもその本質は短編作家で、私が魅了されたのも『10月はたそがれの国』『黒いカーニバル』『太陽の黄金の林檎』などのイマジネーション溢《あふ》れる短編集だった。それはもう、宝石箱のような、としか形容しようのない豊かで生き生きした世界であり、内容も非常にバラエティに富んでいて、「贈り物」の美しさ、「びっくり箱」の戦慄《せんりつ》、「海より帰りて船人は」の佇《たたず》む男のイメージなど、思い出してもうっとりする。この『塵よりよみがえり』のように、連作短編をつなぎ合わせてひとつの長編にする、という形式の本も多い。

思い返すと、私の中のブラッドベリが萩尾望都の漫画のイメージであることに驚かされる。実際に彼女がブラッドベリの短編を漫画化しているせいもあるが、彼女の漫画のはしばしに出てくるイメージがブラッドベリから得られたものだからだ。小学校時代に読んだ彼女の漫画を通して、私はブラッドベリを読む前から既にブラッドベリを追体験していたらしい。

こんなイメージが強烈に刷り込まれているゆえに、「大人になってから読むと甘ったるくて読めない」という声も聞く。この解説を書くために読み返した私も、その辺りを危惧《きぐ》していた。かつての宝石が色褪《あ》せてしまっていたらどうしよう、と。

しかし、それは杞憂《きゆう》だった。「旅人」、「集会」、「アンクル・エナー」、「四月の魔女」。記憶の中の短編が生き生きと蘇《よみがえ》り、のちに書き下ろされた短編と無理なく溶け合って一作の長編になっている。そのみずみずしさはかつてとちっとも変わらない。五十五年の歳月を掛けて完成したというのに！　これがいかに驚異的なことであるか。人はどうか知らないが、私は二、三年もするとすっかり書くものが変わってしまい、文章もテンポや息継ぎが変わってしまう。文庫本になる時など、直せなくて困るくらいだ。しかし、ブラッドベリはやはりいつもブラッドベリなのだと実感する。変わらないもの、永遠の青春小説、それがブラッドベリなのだと。

そのいっぽうで、私がブラッドベリに抱くイメージがもう一つある。メキシコのお盆である「死者の日」だ。メキシコ中に溢れる、砂糖菓子でできた骸骨《がいこつ》のイメージである。ブラッドベリはこのモチーフに愛着があるらしく、何度もこのイベントを自分の作品の中で使っている。私には、これが彼のダークサイドの象徴に思えるのだ。

私には「ブラッドベリと川端康成は似ている」という自説がある。かつて中学生時代、ブラッドベリの短編にはまっていた時、同じ頃に読んだ川端康成の短編集『掌《てのひら》の小説』の印象が、ブラッドベリの短編集に非常に似ていて驚いたという体験があるからである。どちらも情緒的なイメージの強い国民作家だが、本質的には怪奇作家だというところで共通しているのだ。

　そう、ブラッドベリは本質的にはダークサイドを描く作家、影の国の住人なのだ。『たんぽぽのお酒』や『火星年代記』などのリリカルなイメージは表層的なものであり、それらが浮かぶ海は果てしなく暗く深い。彼はひどくグロテスクな短編をかなりの数書いているし、そちらの短編のほうが小説としてリアルだし技巧的である。川端康成も、『眠れる美女』や『山の音』といった猟奇的とも呼べる作品を書いているし、作品全体の印象は暗く妖《あや》しいのに、国民作家としての印象は『伊豆の踊り子』や『雪国』といった、清澄《せいちょう》で古風な美しさが勝っている。そういう印象が強いのは、彼らが影の国の住人であるからだ。彼らの世界がそうであるからこそ、その暗い海から浮かんできた泡は、光の世界の住人の作るものよりも崇高で美しいのである。

　それは、この『塵よりよみがえり』にも色濃く出ている。

　丘の上の屋敷に集まる一族は、皆、闇に生きる者どもであり、決して外を歩ける存在ではない。むしろ、古来より人間たちから不吉なものとして十字を切られ、忌《い》まわしきものとして疎んじられ、封印されてきた存在である。ブラッドベリが深く共感し、集会で一堂に会させるのはこういう存在のほうだ。

　そこに拾われた「普通の」人間の赤ん坊ティモシー。彼は「普通で」ない一族に憧れる。月夜に空をとぶアイナーおじさんや、生き物すべての意識にもぐりこめるセシーになりたいと願い続ける。彼が「ひいが千回つくおばあちゃん」から聞かされる、丘の上の屋敷の歴史、一族の歴史。しかし、人々が闇を恐れなくなり、幽霊や伝説を信じなくなってきた時代、彼らの存在は絶望的な危機にさらされる——

ここにはブラッドベリのすべてのモチーフがある。異形《いぎょう》のもの、ありふれたもの、過ぎてゆくもの、忘れ去られるもの、変わらぬもの、ほんの一瞬きらめいて消えてゆくもの。それが、丘の上の屋敷に集う一族の中に語られているのだ。

ここでも、ティモシーは生と死に出会い、一人旅立つ。

ブラッドベリには、旅する少年、というモチーフもある。どこかからやってきて、どこかへ去っていく少年。

彼の短編に、永遠に歳を取らず、老夫婦の子供として何年か暮らしたのち、また別の老夫婦の元へと旅を続ける少年の話があったが、ティモシーは何千年も同じ暮らしを続ける一族に別れを告げ、限りある人間としての生を生きることを選ぶ。そして、彼は長い旅に出る——

五十五年の歳月ののちに、この結末を選んだブラッドベリに、やはりまた私は「ブラッドベリは変わらない」と呟いてしまうし、その変わらなさに泣きたい心地になってしまうのだ。

（河出文庫解説　２００５・10）

『雨降りだからミステリーでも勉強しよう』を再読する　植草甚一について

ものごころついた頃から植草甚一は既に存在していた。彼のセピア色の世界が、古い地図みたいに最初からそこにあったのだ。

植草甚一は、気がつくともうJ・Jおじさんだった。笠智衆《りゅうちしゅう》がいつも映画の中ではおじいさんだったように。

私にとってのJ・Jおじさんは、『雨降りだからミステリーでも勉強しよう』である。チョコレート色と紫の混ざった、ペーパーバックの背表紙を地模様にしたあの表紙。あれが私の中のJ・J氏の占めるスペースとほぼイコールなのである。もちろん、ミンガスやヒッチコックやなんやかやも、あとから少しは齧《かじ》ったけれど、私にとってのおじさんは『雨降り』、これ一冊。

この本、買った時のことを覚えている数少ない本のひとつだ。書店で小学校五年生の私を捉えたタイトルとデザイン。さんざんねだって買ってもらった本。私が持っているのは一九七五年七月二十日発行の第十一刷だが、一二〇〇円という値段は当時私が持っていた本ではかなり高い。でも、これ、字も細かいし、四百ページ以上あるし、原稿用紙換算でゆうに一〇〇〇枚もの分量があるのだ。

して、その実態は、J・J氏がピンと来て買い込んだ新人作家のペーパーバックの内容を紹介してくれるという本。まだクリスティとクイーンしか読んでいなかった小学生が読むにはずいぶんハイブロウな内容だが、繰り返し楽しく読んだ記憶がある。なにより、この本全体に漂う「ミステリ」というジャンルのいかがわしくも妖しく、わくわくする雰囲気が楽しかったのだ。

いったい何度読んだか分からないけれど、ミステリ作家のはしくれとなった今、久し振りに改めて読んでみることにしよう。

中は二部構成。書いた媒体の違いで分けているらしい。「フラグランテ・デリクト（現行犯）」と「クライム・クラブ」。うーん、カッコいいタイトル。

読みながら「うひゃあ」と叫んでしまったのは、その「新人」作家のそうそうたる顔ぶれである。ジョン・ル・カレの『死者にかかってきた電話』がある。ライオネル・デイヴィッドソンの『モルダウの黒い流れ』がある。マーク・マクシェーンの『雨の午後の交霊会』がある。カトリーヌ・アルレー『藁《わら》の女』、ノエル・カレフ『その子を殺すな』、セバスチャン・ジャプリゾ『寝台車の殺人者』、そして、ジョン・ファウルズの『コレクター』まであるのだ。もちろん、どの作家にも駆け出し時代というものがあるわけだけど、こんな巨匠にもデビュー作があって、初対面の読者に星を付けられていたなんて、いつもながら不思議な気がする。もちろん、私も真似しましたとも。読書ノートに、偉そうに星付けてコメント。星五つを最高にしたっけ。

それにしても、再読して驚いた。新鮮。なにしろ、この本、とてもとても不思議なブックガイドなのである。というのも、J・Jおじさんという人は、一見読者へ語りかけていると錯覚させる文体でありながら、実はすべて自分のために書いているのですね。これ、全編、J・Jおじさんの、ミステリファン部門の自分のための覚書なのだ。だから、読者には不親切極まりない箇所が散見されるのである。

「アウトラインを書いてみよう」とおじさん、あらすじの説明を始める。それがまた、起きる出来事を漫然と並べただけの、実に退屈な説明。本人もそう思ったらしく「こんな筋書を書くのはいやになった」と、突然あらすじ放棄。しかも説明の途中でしばしば「そういえば」とか「ここで思い出すのは」とか、おじさん、話をあっちこっち飛ばすし、下手をすると「説明しなくちゃ」と言い訳しつつ、とうとう別の思い出話にかまけていて説明なしに終わってしまう項まである。

これって、おじさんが子供の頃から英語に親しみ、翻訳に親しんだせいかもしれない。なぜかというに、この本を読み返していたら、かつて高校時代にいっとき英語の家庭教師をお願いしていた時があったのだけど、課題でモームの『アシェンデン』かなんかを訳している時のことをやたらと思い出してしまったのだ。英語には「　」の中に『　』があって、そのまた中にカッコ閉じ、みたいに、ひとつの単語に掛かる文章がそのあとパラグラフいっぱいえんえんと続く、というシチュエーションがあるのと似ている。ともかく、おじさんの意識の流れがそのまんまブックガイドになっている、というなんとも奇妙な本なのだ。しかも、それが楽しいし、退屈と思える説明に徐々にやみつきになっていってしまうのである。ほらね、この文章もなんとなく、おじさんの意識の流れの亜流みたいになってきたぞ。

かといって、おじさん、決してあらすじが下手なわけではない。おじさんが感心して紹介したものは、今も細部までくっきり覚えているのだ。

中でも気味の悪い短編「蜘蛛《くも》」。田舎に引っ越してきた夫婦が徐々に精神に異常をきたしていく様子を描いたものだが、日々やつれていく妻に何か心配事でもあるのかと尋ねた夫に「笑わないでね。この家には蜘蛛が一匹いるのよ」と妻が答えるところは一言一句違《たが》わず頭に残っていたし、「ビスケットなしで」という話に出てくる、とある男が見知らぬ土地で寄った古い雑貨店で、主人が差し出したビスケットの中がウジ虫だらけなのにカッとして主人を殴り殺してしまう、という場面もよく覚えていた。

私がこの本を手に取る時、子供の頃よく食べていたマクビティの胚芽《はいが》入りチョコレート・ビスケットを思い出すのは、表紙の色のみならず、この気持悪い場面のせいかもしれない、とちらっと考えたが、あまり気持ちよくない連想なので深く考えないようにする。

古本屋を回って、エドマンド・クリスピンやマイケル・イネスのペーパーバックを探すなんて羨《うらや》ましい。しかも、おじさんはあくまで「散歩と雑学が好き」なのであって、決してコレクターなんかではない。その軽やかさ。私も年に何回かは気合いを入れて丸一日神保町を回るけれど、おじさんの時代の楽しさとは比べ物にならないだろう。私は最近のお洒落系古本屋は苦手だし、ネットで探すのも好きじゃないので、以前から探している本は未だに見つからない。その癖、おじさんのように、どこかの店頭でばったり巡り合うことを信じている。

本当に、おじさんはなんでもひょいひょい集めてスクラップしておく。だから、いろいろなものが分け隔てなく同じレベルで収集され、貼り付けてある。この本でも、どうみてもつまらないペーパーバックのプロットが、馬鹿にせず、傑作の隣に淡々と並べて説明してある。それが、なんとも楽しいのである。初読の時から繰り返し読んできたわけが分かった気がした。私は子供の頃から予告編やカタログが好きで、特に本の目録はタイトルとあらすじだけで何時間でも楽しむことができた。それを更にボリュームアップさせ、読み物を満載したこの本が楽しかったのは当然だ。

いやはや、まさに玉石混交《ぎょくせきこんこう》。これでもかというくだらないプロットとタイトルが羅列されているのを読んでいると、日々プロット造りに青息吐息の私にも、まだなんとかなるのではないかと明日への希望が湧いてくるほどである。

しかも、今の私にこそ役に立つ情報も満載。イアン・フレミングやジョルジュ・シムノン、四百冊以上も本を書いたジョン・クリーシーらの小説作法やアドバイスも、決して端折《はしょ》らず淡々と訳してくれている。これって、読書家や小説家がやると意外に難しいのだ。つい、そのまま引き写すのは芸がないのではないかという強迫観念に駆られ、要約したり、分析したりしたくなるものだが、おじさんは一次情報をきちんと伝えてくれるのである。やはりこの本、おじさんのスクラップブックなのだ。

もうひとつ驚かされたのは、おじさんが本格ミステリのかなり真っ当なファンであったことだ。

この中で紹介された本には、実は近年になって初めて翻訳されたり、訳し直されたりしたものもたくさん含まれている。アレックス・アトキンスン『チャーリー退場』、フレッド・カサック『殺人交叉点』、マイケル・ギルバート『捕虜収容所の死体』、ジョン・フランクリン・バーディン『悪魔に食われろ、青尾蠅』、レオ・ブルース『三人の探偵のための事件』、ウイリアム・モール『ハマースミスのうじ虫』、パーシヴァル・ワイルド『検死審問』、ビル・S・バリンジャー『煙で描いた肖像画』、などなど。それらのほとんどは、実は本格ミステリと呼ばれるジャンルのものなのである。

植草甚一は、この本の本文でもあとがきでも「ぼくは本格派の推理小説はあまり夢中になれないほうで、変格派の推理小説のほうが面白かった」とたびたび述べているが、単にクリスティやクイーンやカーやヴァン・ダインに代表される保守的なものを敬遠していただけで、むしろ彼の好みをみると、実に先鋭的な、バリバリの本格ミステリファンであることを発見するのである。

いやはや、おじさんの地図は広すぎる。大人になっても、小説家になっても、こんなに面白く読めてしまうし、またきっと読み返すだろうと思ってしまうのだから。

（『植草甚一　ぼくたちの大好きなおじさん』　２００８・８）

空豆の呪い

ジャック・フィニイ『レベル3』

毎年春が来て、空豆を茹《ゆ》でるシーズンになると、必ずフィニイの『盗まれた街』を思い出す。豆を取り出しながら、確かに莢《さや》の中はふかふかして気持ちよさそうだし、この中で眠りたいなあ、と思ったりもする。

この境地に辿《たど》り着くまでには長い歳月がかかった。

元々、原作は知らず、石ノ森章太郎が『盗まれた街』をそっくりそのまま漫画化したのを読んだのが原体験になっている（漫画化だったのか、オマージュだったのかは分からない。タイトルも覚えていない）。

地下室にある、でっかい豆莢。いつのまにか地下室にゴロンと転がっていて、その中に自分とそっくりの奴が入っている、というのが凄《すご》く怖くて、でっかい豆莢はほとんどトラウマになった。

同じくらい怖かったのが映画である。何度も映画化されているが、最初の映画化である白黒作品の『ボディ・スナッチャー／恐怖の街』（一九五六年米、ドン・シーゲル監督）は、モノクロが異様な効果を上げていて、これまた地下室の豆莢が恐ろしく、いよいよ空豆イコール地下室のバケモノ、という刷り込みが為《な》されたのである。

この『レベル3』だって、改訂版の装丁を見た限りでは、結構ホラーっぽかった。しかも、黄土色の帯に書かれたゴシック文字の恐ろしげなこと——たぶん、この帯の文章は、日本の翻訳エンターテインメントの帯でも歴史に残るものなのではあるまいか——

死ぬほど退屈なあなたに　べそをかいていることはない！　あなたは抜け出られます。これがその出口です！

言われてみればずばりその通りの内容で、フィニイの短編に繰り返し使われるモチーフの本質を突いているのだが、やはりこの帯もとても怖かったことを覚えている。

にもかかわらず、なぜかフィニイ本人のイメージはちっとも怖くない。私の中では『ゲイルズバーグの春を愛す』や『夢の10セント銀貨』のイメージがフィニイのイメージなのである。第一、『盗まれた街』だって、小説の読後感としては、気持ち悪さと心地好《よ》さとがほとんど同義語に思えるのだ。

小説家になって十五年ほど経《た》つ。子供の頃に読んだ本に、行き当たりばったりでオマージュを捧げてきたが、最近改めて昔読んだ本を読み返す機会が増え、冷静に比べてみると、私のサスペンス感覚はフィニイに近いような気がする。

説明したり理由を考えたりするよりは、現象の醸《かも》し出すざわざわ感や得体の知れぬ宙ぶらりんの感覚を描くことが目的であり、原因と結果よりは過程と雰囲気が大事（いや、フィニイがそうだと言っているわけではありませんよ）。「怖さ」そのものよりも、「怖さ」の一歩手前の不穏な空気感を描きたいのだ。

かのように、セピア色もしくはパステルカラーの印象の強いフィニイだが、それが確かなテクニックの上に醸し出されていることを今更ながらに強調したい。

『レベル3』に収録された短編を見てみよう。

何より、書き出しがどれも素晴らしい——


ニューヨーク・セントラル鉄道の社長や、ニューヨーク＝ニューヘイヴン＝ハートフォド鉄道の社長ならば、山と積んだ時間表にかけて、地下は二階しかないと断言するにちがいない。しかし、ぼくにいわせれば三階だ（「レベル3」）

正直なはなし、ヘレンベック夫婦に、どこかおかしなところがあると、最初から思っていたとはいえない。たしかに、ちょっと変わっていることには二つ三つ気がついて、はてなと思いはしたものの、すぐに頭から振りはらってしまった（「おかしな隣人」）

この話は、ぼく自身のためにする。気になって、苦しくて仕方がないからだ（「潮時」）

親しみやすく読者に語りかけてきて、しかも思わず「いったい何の話？」と聞き耳を立ててしまうような導入部分は、するりと読者を異世界に誘う。長編ならともかく、ほんの数行でフィニイの世界にひきずりこむテクニックはほとんど職人芸だ。中に入ってしまえば、その世界の空気にどっぷりつかってしまう。言われるがままにラストまで連れていかれ、胸を締め付けられ、その余韻に浸っていると、いつのまにか周りには誰もいなくなっている――

フィニイの読後感は、どんな作家よりも「夢から覚めた心地」に近いような気がする。彼の造り上げる夢は、優しくほろ苦く、時には悪夢だったりするし、常に伏し目がちで、決して声高に語られることはない。けれど、今までもそうだったように、これからもずっと、彼の夢を必要とする人々に支持され続けるだろう。

ゲイルズバーグや、ヴァーナ行きの片道切符を手に入れられるアクメ旅行案内所をいつもどこかで探している、私やあなたのような人間に。（ハヤカワ文庫解説　２００６・８）

深夜の機械

スティーヴン・キング『ダーク・タワーII　運命の三人』

旅に出る。編集者や、土地の人と呑《の》む。宿に戻るのが遅くなる。明日も早い。空調で喉が渇き、目が覚める。ごそごそベッドから這《は》い出て、冷蔵庫を開ける。中は空っぽだ。最近のホテルは、自分で買ってきた飲み物を冷蔵庫に入れるようになっている。頭は酔っている。ベッドに戻ろうとも考えるが、お茶を飲んだほうが翌朝二日酔いが軽くなると経験上知っている。スケジュールがちらっと頭に浮かぶ。明日もハードに動き回らなければならない。

朦朧《もうろう》とした頭で、廊下に出る。浴衣《ゆかた》姿で出歩くなと書いてあるのは知っているが、フロントやロビーでないからいいだろうと勝手に自分を説得し、スリッパでぺたぺた歩いていく。照明は落とされているのに、やけに目がしょぼしょぼする。

自動販売機のコーナーは、ワンフロア下だ。

エレベーターに乗る。たったワンフロアなのに、やけにゆっくりと動く。

唐突にがくん、と止まる。扉が開き、外に出る。

薄暗い廊下の隅に、かすかに明るいスペースが見える。あそこがそうだ。歩き出す。

上のフロアと全く同じ造り。エレベーターホールに飾ってある絵が違うだけ。

ぶーん、というかすかな機械音がする。小部屋になったスペースを覗《のぞ》く。

ちょっとギョッとする。そこに二人の男がのっそりと立っていたからだ。

もちろん、そこにいるのは人間ではなく、狭いフロアに並んでいる二台の自動販売機である。細長くて、ビール専用と、ソフトドリンク専用に分かれている。

こいつら、好きじゃない。なんとなく、そう感じる。

ビールを売るほうは、尊大なヤツだ。人が買うのを待っている癖に、買うヤツを軽蔑している。ソフトドリンクのほうは、一見温厚だが屈折している。隣りにいる、アルコールを売る自動販売機にコンプレックスを抱いているのだ。

温厚なヤツのほうにコインを入れ、赤いランプの点いたボタンを押す。

コインの落ちる音。一瞬遅れて、ゴトンと重いものが足元に落ちる衝撃。

この瞬間、いつも、ある話を思い出す。

可愛がってくれたおばあさんが亡くなった。ある晩、おばあさんの声がする。どうも、部屋の隅の箪笥《たんす》から聞こえるようだ。箪笥の引き出しを開ける。

そこには、引き出しいっぱいに、亡くなったはずのおばあさんが入っていた。こちらを見上げて、恥ずかしそうに笑う。

頬を叩き、そのイメージを掻《か》き消す。身体をかがめ、取り出し口に手を伸ばす。

誰かの手に触れる。

ゴツゴツしたその手は、入れた手をがっちりとつかむ。

悲鳴が長い廊下に吸い込まれていく。

薄暗い地下室。機械の音が響く。

息の詰まりそうな、むっとする、湿った空気。ごとんごとんと音を立てて小さな窓の向こうで回り続ける洗濯物。肘《ひじ》の抜けた、毛玉だらけのセーターを着たキング青年は、殺伐とした洗濯室で、ひたすら原稿を書き続けている。

青年は時折手を休め、有名になった自分が「ＰＬＡＹＢＯＹ」誌のインタビューを受けているところを夢想する（むろん、ここでは、実際にキングが後年「ＰＬＡＹＢＯＹ」のインタビューを受けた時の原稿を使用する。かつて、自分がこのインタビューを受けるところを何度も想像したと答える箇所を）。

洗濯機は回り続ける。ごとん、ごとん、ごとん。

よく耳を澄ますと、その音には弱々しいノックの音が混じっている。回る洗濯物の間から、誰かの青白い手が伸びて、丸い窓を叩いているのだ。キングは気づかない。いつのまにか、窓の隙間から床に向かって、血が垂れていることにも気づかない。

カメラは床に落ちる血を映し、床から夢想するキングの背中を映し、やがて洗濯室から出てゆく。地下から階段を上り、暗い部屋の中を映し出す。狭いベッドで眠っている妻と子供。古ぼけたTVが闇の中で点いたままになっており、そこでは白黒の古い怪奇映画がえんえんと映し出されている。

窓がかすかに開いていて、カーテンが揺れている。カメラは外に出て、地面を這う。しんと静まり返った夜の底。カメラはゆっくりと家から遠ざかる。

やがて、虫の声が聞こえ、カメラはトウモロコシ畑に分け入っていく。奥へ、奥へ。

そこでタイトルが出る。

『悪夢の種子』。

もしも私がキングの伝記映画を撮るのならば、こんな場面から始めることだろう。

この映画を、キングの好きなB級ホラー映画に敬意を表し、あえてB級ホラー映画にするのならば、かつてキングが若い頃に体験した悪夢のような出来事が、後の彼の作品に反映されたという粗筋になるだろう。

逆に、文芸的伝記映画にするのであれば、たぶんオープニングは彼が五十歳過ぎに九死に一生を得た交通事故の場面から始まるはずだ。クラッシュした瞬間、彼はこれまでの人生を回想し、路肩に乗り上げた車のバンパーが壊れてがたんがたん言っている音が、先のランドリーの音に重なり、駆け出しの頃に戻る、という展開になるはずである。

スティーヴン・キング。

本名らしい。

彼のことを考えると、「深夜の機械」という言葉が頭に浮かんでくる。

夜中、人気のないところで動いている機械。それはどことなく、生理的な恐怖を感じさせる。いつやってくるか分からぬ客を待っている自動販売機、無人のコインランドリー。オフィスのコピー機でさえ、明かりの消えたフロアの片隅で、蓋《ふた》の隙間《すきま》を光が移動していくさまは気味が悪い。

どれも皆、二十四時間目を覚ましていて、人の思惑などお構いなしに無言で働き続けている。彼らは疲れない。いつも淡々と仕事をこなす。そのさまが、なぜかキングが原稿を書いているさまを想像させて怖いのである。

彼は、今もなお、飽きずに自分のための小説を書き続けている。自分の感じている恐怖と妄想を、繰り返し綴《つづ》っている。彼の小説の粗筋は、実にシンプル。シンプルではあるが、彼の筆によってその世界はいよいよ強固でリアルなものとなり、彼の妄想は今なお広がり続け、まさに「恐怖の帝王」として世界を飲み込み続けている。

キングは、ジグソー・パズルを外側から埋めていく。

無数に散らばっているピースを、読者に一つ一つ拾わせる。

「次はそこにあるのを取ってくれないか」

「今度はそれ。そうそう。その赤いヤツだ」

彼は淡々とピースを指さし、無邪気で素直な読者はそれを拾い、従順に彼にピースを渡す。彼は愛想よく会釈しながらピースを受け取り、パズルを埋めていく。

パズルはあまりにも大きいので、なかなか何の絵を描いたパズルなのかは分からない。ちょっと絵の一部が見えてきたような気がするが、少し絵が見えてくると、キングはくるりと向きを変え、また別の角を埋め始めるのだ。

それだけに、パズルの全貌が見えてきた時の衝撃は大きい。まさかこんな絵だったとは。あのピースがあれの一部だったとは。

そんな驚きを何度も与えてきたキングが、なんと全七部で描く絵とはいったいどんなものなのか？　かつて出版された第Ⅰ部『ガンスリンガー』を、新たに書き直してまで描き上げた巨大なジグソー・パズルが完成する時、何を見るのか？

私もあなたと同じく、次に拾わされるピースを、口を開けて待っているのみである。


（新潮文庫解説　２００５・12）

追記：『ダーク・タワー』文庫全十六冊。まだ読み終わってません。

カバンに本とぐいのみを入れて

基本的には、出不精《でぶしょう》である。歩くのは大好きだが、人混みが苦手なのでイベントやお祭りに行きたいとは思わない。電車に乗るのも好きだ。できれば三時間くらいは乗って、本が一冊読めるといい。新幹線の座席くらい読書に集中できる空間はない。

だから、ふらっと一人で京都や奈良あたりに行くのがちょうどいい。どちらも散歩に向いている町だし、一人で入れる食べ物屋も多い。

電車に乗り込む。席に落ち着く。発車ベル。動き出す。缶ビールをプシュと開ける。本を取り出して最初のページを開く。この瞬間、「至福」という言葉を思い出す。

最近はエキナカビジネスをはじめ、どこの駅でもバラエティに富んだ酒とつまみが買えるので、しみじみありがたい。列車の缶ビールはそれなりに風情があるが、他の酒でプラスチックや紙コップでは味気ないので、最近はぐいのみもカバンに入れておく。強化ガラスのもの、ステンレス製、漆器や陶磁器、いろいろ集めているのでその時の気分で選ぶ。

必ずしも旅に本は必要ではないかもしれないが、旅と本は相性がいいし、私の場合、ゆっくり本を読むために旅に出る時もある。

旅先に持っていく本を選ぶのは実に楽しい。読む時間がないと分かっている時でも、手持ちのカバンに一冊、旅行カバンに数冊本を忍ばせておかないと落ち着かない。

一週間とか十日とか、長期の旅に出る時は本の選択にも気合が入る。一種の博打《ばくち》気分で、いろいろなタイプの本を混ぜておく。詩集に短編集、和もの洋もの、硬いものに柔らかいもの。どれに手が伸びるか、現地に行ってみないと意外に分からない。

以前は、旅行に合うのは翻訳もののミステリだと思っていた。非日常×非日常が合うと思ったし、実際そうだった。

夜行列車でホラー。これも舞台効果抜群で、いっときマイブームだった。夜行列車の揺れ、闇の中に時折浮かびあがる踏み切りの明かり、遮断機の音。それらが客室に影を作り、異様な雰囲気を演出してくれる。影のように通路を行く車掌や他の乗客にもどきっとさせられる。北斗星でデイヴィッド・マレルの『廃墟ホテル』を読んでいてぞくぞくしたことを思い出す。

このごろ、旅で読むのに適したジャンルをもうひとつ発見した。ブログ本である。

電車に乗っていると、集中して読書できるが、それでいて意外にあちこちに気を取られているものだ。検札があったり、駅に停まったり、アナウンスがあったり、ちょこちょこ中断もされる。その点、一日ごとに細切れになっているブログ本はちょうどいいのだ。どこで中断してもいいし、すぐまた続きを読み始められる。デザイナーとか建築家とか脚本家とか、あちこち出かけて忙しい職人系の人のブログ本が面白い。目下、松井今朝子さんの『今朝子の晩ごはん』シリーズを愛読している。夕飯のおかずの参考にもなるし、いろいろ観劇されているものの感想も面白い。きっちり半年ごとに次の巻が出るところにも安心感がある。

海外で読むのにいいのは、少し前の日本の小説やエッセイだ。吉田健一や内田百閒、尾崎翠《みどり》や森茉莉《まり》など、普段のスピード重視の生活ではややまどろっこしく感じられる文章が、海外だとすんなり本来のスピードで頭に入ってくる。ちょうど講談社文芸文庫のラインナップがどんぴしゃだ。外国語でコミュニケーションしようと、頭の中で考える文章がゆっくりになっているせいではないかと思われる。逆に言うと、いかに普段は文章のスピードを上げて読み書きしているか思い知らされる。

ここ数年で印象に残っているのは、奈良のビジネスホテルで西脇順三郎を読んだ時のことだ。まだ新しい、機能性第一のシンプルなホテルの部屋で、意外にも西脇はクリアに頭に入ってきて、じっくり堪能することができたのだ。

自分の家では、周りに沢山の本や雑誌が溢《あふ》れ、常に大量の情報に囲まれている。何かの本を読んでいても、視界の隅で常に次の本、他の本が誘惑してくるし、溜《た》まっている仕事や将来の仕事が気に掛かっていることもある。ホテルの部屋というのは余計な情報がないから、テキストの内容に集中できるのだろう。

このところ気に入っているのは、旅先や旅の途中に別の旅の本を読む、というもの。行き先とは異なるところを選ぶと、面白い効果を上げることができる（その逆もあるかもしれないが……）。モロッコ王国の赤土の大平原を列車で走りながら嵐山光三郎の『芭蕉紀行』を読んだ時は、不思議とあのざらっとした何もない平原が内容にマッチして、芭蕉の晩年の心境が分かるような気がしたものだ。

年々旅の本が好きになる。「旅」という字がタイトルに入っていると、ついつい買ってしまう。ここ数ヶ月に買っただけでもこんなにある。

『日本の路地を旅する』『大和路の旅』『ホームズ聖地巡礼の旅』『巡礼コメディ旅日記』『折口信夫と古代を旅ゆく』『茶馬古道の旅』『アガサ・クリスティを訪ねる旅』『アメリカ南部小説を旅する』『旅はゲストルーム』『斜線の旅』『フリードリヒへの旅』……

実はこれ以外にもまだまだあって、ほとんど条件反射で手に取っているような気がする。というか、こんなに世の中には「旅」の字が入った本があるのだ。

以前は紀行文など、全く興味がなかった。人がどこかに行って何を見て何を食べたかなんてどこが面白いのか、と思っていた。今は、人がどこかに行って何を見て何を食べたかにすごく興味がある。もちろん、どんな人がそうするかにもよるのだが。

もっとも、こうなるまでには長いこと掛かっていて、かつてはごく一部の紀行文にしか興味がなかった。

ビジュアル的な紀行文の草分けは開高健の『オーパ！』（世界中で魚釣りをする）あたりだろうか。今は休刊してしまった日本版「PLAYBOY」の紀行連載はスケールが大きくて豪華で、藤原新也の『全東洋街道』（トルコから東へ東へと街道づたいに日本を目指す）とか、いちばん新しいもので池澤夏樹の『パレオマニア』（大英博物館に所蔵されているものから逆にその故郷を辿《たど》る）とか、どれも読み応えがあり、旅心を刺激してくれるものだった。

学生時代に読んで斬新だと思ったのは、伊丹十三の『ヨーロッパ退屈日記』である。厳密には紀行文ではないのかもしれないが、俳優として『北京の55日』を撮るために滞在したヨーロッパで書いたエッセイで、アーティチョークやスパゲッティの正しい食べ方、ブックエンドごっこをしている象のジョークなど今読んでも新鮮だ。

玉村豊男は私にとっては名著『料理の四面体』などで料理の師匠なのだが、『パリ・旅の雑学ノート』も面白かった。そう、二十代までの私にとって紀行文とは海外のものに限られていたのだ。

食べ物ついでで言えば、石井好子の『巴里《パリ》の空の下オムレツのにおいは流れる』も料理本ながらパリ紀行文として読んできたような気がするし、吉兆の創業者、湯木貞一の『吉兆味ばなし』で、ヨーロッパの三ツ星レストランを巡る旅行記も実に端正な語り口でおいしそうだった。料理人の文章、料理人の旅日記はえてして面白いのだ。『オーパ！』シリーズも、釣れた魚をさばき、あらゆる料理法をエネルギッシュに試す辻調理師専門学校の谷口教授が同行するようになってからが断然面白くなる。

変わったところでは、SF作家マイケル・クライトンが書いた『インナー・トラヴェルズ』が記憶に残っている。二メートルの大男で、名門大学の医学部を出た超エリート、しかも在学中に作家デビューして出す本どれもベストセラー、というめちゃめちゃ恵まれた境遇なのに、なぜか自分に自信を持てず、いわゆるスピリチュアルな満足を求めて旅をする、というノンフィクションだ。

社会人になり、小説家になり、取材として旅行をするようになると、いわゆる資料となるような本を読むようになる。特に、海外に行く時はいろいろ下調べをするが、なかなか「役に立った」と思うようなガイド本になる本は少ないのだった。

印象に残っているのは、チェコに行く前に読んだ千野栄一の『ビールと古本のプラハ』でビール大国チェコの有名なビアホールを紹介していたのと、カレル・チャペックの『チェコスロヴァキアめぐり』や『イギリス便り』。チャペックは『ひとつのポケットから出た話』などミステリもたくさん書いているので、イギリスでG・K・チェスタトン（ご存知、逆説的論理を駆使する名探偵ブラウン神父の生みの親だ）に会うのを熱望していたのだが、チェスタトンと仲の悪かったH・G・ウエルズに先に会ってしまったばっかりに、チェスタトンが気を悪くして会ってくれなかったという（ま、チェコ自体とは関係ないか）。

スペインのサンティアゴ・デ・コンポステーラへの巡礼路を大急ぎで辿る旅をする前にはなぜかなんとなく漂泊の俳人（でもって大酒呑《の》み）山頭火の句集を読んでいって、これがまたなぜか現地の荒涼とした風景にぴったりだった。

台北に行く前に読んだのはその前年に急逝した映画監督エドワード・ヤンの評伝で、映画の中の台北と重なり合って興味深かったし、ソウルに行く前に読んだ徐京植《ソキョンシク》の『ディアスポラ紀行』や『プリモ・レーヴィへの旅』はずしりと重く、アジアにおける日本の宿業について考えざるを得なかった。

モロッコに行く前はエリアス・カネッティの『マラケシュの声』や川田順造の『マグレブ紀行』などを読み、それぞれ面白かったが、こうしていろいろ読んでみると、チャペックにしろカネッティにしろ、次第に古い紀行文のほうに心惹《ひ》かれるようになってきたのである。

例えば、明治四十年に新聞に連載された『明星』の若い詩人たちの紀行文、『五足の靴』。北原白秋や木下杢太郎《もくたろう》ら五人が匿名で交代で書いた長崎や熊本、柳川の紀行文だが、彼らの詩や短歌を交えて短編小説のような完成度で素晴らしい。

日本敗戦の年にわざわざ上海に出かけてゆき、日記を書き続けた堀田善衛の『上海にて』や『上海日記』。

または、イギリスの探検家が五十年代のイラクの湿原の民を描いた『湿原のアラブ人』。そもそもイラクに湿原があること自体知らなかったし、生き生きと描かれた風俗が面白い。

あるいは、恩師の妻と駆け落ちしてしまい、二人でバカンスに出かけるが、劣悪な状況で決して快適ではない旅程なのに細部の観察の冴えが光るD・H・ロレンス『海とサルデーニャ』。とても九十年前に書かれたとは思えない新鮮さである。

古くなくとも、誰かの足跡を辿ったものもいい。与謝野晶子や林芙美子の乗ったシベリア鉄道をなぞる森まゆみ『女三人のシベリア鉄道』、二百年前の政治学者トクヴィルと同じルートを旅することで現在のアメリカ民主主義の行方を観察する、ベルナール＝アンリ・レヴィ『アメリカの眩暈《めまい》』。

そして、哲学者が古今の芸術家たちの旅を思索する、旅についての最高に面白い本、アラン・ド・ボトン『旅する哲学』、などなど。

最近では、旅に持っていくための本というのをストックしていて、しかも旅先で旅の本を読みたいと、普段読む本とは別にしているほどだ。日常のほとんどの時間を自宅のパソコンの前で費やしているせいなのか、旅への憧れ、旅の本に対する期待が年々増していくような気がする。

人生は旅に似ていて、旅は本に似ている。はじめと終わりがあって、そこから出てくるとほんの少し別の人間になっている。「旅とは少し死ぬことである」というフランスのことわざがあると四方田犬彦の本で読んだことがある。最近、ちょっとだけ「客死」という死に方に憧れる。旅に憧れ、旅を夢見ているうちに、人は無意識に最後の旅立ちの準備をしているのかもしれない。

（単行本版『土曜日は灰色の馬』　2010・7）

期待と妄想のあいだ、あるいは「工場の月」

耳から聞いた童謡の歌詞を誤って覚えているという話はよく笑い話になる。同音異義語が異様に多い日本語の特性と、童謡の生まれた時代の語彙《ごい》と現代の語彙に隔たりがあるせいだろうが、私の場合、その最たるものは「荒城の月」であった。

向田邦子さんが、この歌の歌詞「めぐる杯」を「眠る杯」と覚えていたというエッセイをご存じの方もいるだろう。私の場合は、ズバリタイトルで、長いあいだずっと「工場の月」だと思い込んでいたのである。

そもそも「はるこうろうのはなのえん」で始まる歌詞の意味は、耳で聞いただけではほとんど意味不明であり、何度聞いてもさっぱり理解できなかったし、ましてや「こうじょうのつき」と聞いて「荒れた城」を思い浮かべる子供が果たして存在するであろうか。

かくて、私の頭の中では、ずらりと煙突とスレート葺きの斜めの屋根が並んでいる工場地帯の上に満月が出ていて、モノクロームに工場を照らし出している、という風景が出来上がっていて、後年、実は「荒れた城」だったと判明してびっくりしたものの、頭に焼きついた「工場と月」の風景は今も塗り替えることができない。

これと似たようなことが、本や映画でも起こる。

いちばん多いのは、SFやミステリなど、誰かが紹介したものを先に読んでいて、なかなか本体のほうを読めなかった場合だ。福島正実『SF入門』、石川喬司《たかし》『SF・ミステリおもろ大百科』など、下手すると現物よりも面白い案内本を繰り返し読んでいると、頭の中にまだ見ぬ本のイメージが勝手に膨らんでゆき、しまいにはもう読んだような気がしてくる。版権の関係なのか、名のみ知られていて読めない本というのは、特にSFに多かったように思う。そして、期待が高かったあまり、現物を手にして読んだにもかかわらず、読む前の想像とイメージが強固なため、イメージが塗り変わらずに読む前の妄想がそのまま生き続けてしまう、というケースがあるのだ。まさしく、「工場の月」現象なのである。

SFにおける最強の「工場の月」は、私の場合フィリップ・K・ディックの『高い城の男』であった。必ずディックの代表作のひとつに挙げられ、その後同工異曲の多数の作品、ゲームや漫画にまで登場することになる世界観——第二次大戦で枢軸国が勝利している世界——の歴史改変SFの名作である（似たような設定の小説はそれまでにもあったらしいが、この作品がエポックメイキングになったことは異論がないだろう）。

これこそ、私が子供の頃から「名のみ知っており」、そしていちばん読んでみたいと切望していた本のひとつであった。

何より、タイトルが素晴らしい。

SFの代名詞のようになり、さんざんパロディにも使われている、同じくディックの代表作である『アンドロイドは電気羊の夢を見るか?』も素晴らしいタイトルだが、いささかケレン味が勝ちすぎている。『高い城の男』のほうが断然スマートで謎めいていて、どこかノーブルな雰囲気すら漂うではないか。

『高い城の男』が発表されたのは一九六二年。日本初訳は一九六五年だが、長らく品切れ状態であり、私が入手したのは一九八四年のハヤカワSF文庫版で、二十歳の時だ。

しかし、ようやく現物を手にしたこの時、初めてその存在を知ってから既に十年以上の歳月が経っており、私の頭の中には長年に亘《わた》ってイメージし続けた、完全に私の妄想版である『高い城の男』が出来上がっていた。

だから、かなりの期待を込めて読んだはず——なのである。ところが、それから更に二十年以上の歳月が経《た》った今、現在の記憶に残っているのは、やはり私が妄想していた『高い城の男』のほうなのだった。いや、恐らくは、現物の『高い城の男』と入り混じった、更に全く別のものとなった『高い城の男』なのだ。

それがどういうものかというと、一応舞台はアメリカだが、話が展開するのはほとんど室内で、雰囲気としては密室劇。世界を支配しているナチスと日本陸軍の高官が水面下で支配地での権益争いをしており、その陰湿な駆け引きが話の中心である。登場人物のほとんどが軍服を着ていて、話のトーンは暗い。第二次大戦後の酷薄な恐怖政治の世界が描かれる。主人公は枢軸国支配の世界に疑問を抱いている日系アメリカ人の若者で、思想警察の下っぱだ。彼は、最近連合国が勝利した世界を描いた小説が地下で広く出回っており、その危険思想を流布しているグループを調べるように命令される。その小説は発禁となっているが、回収してもあとからあとから刷られて流布される。その印刷工場を摘発しようとやっきになる思想警察。しかし、主人公はその小説を調べていくうちに、別の歴史を持つ並行世界の存在、そして今彼の存在する世界が成立するに至った秘密にたどり着く——というものである。

どうでしょう、こちらの『高い城の男』。なんとなくこっちのほうも面白そうじゃありませんか？　この原稿を書くので、久しぶりに本物のほうを引っ張り出してちらちら読んでみたのだが、これがまた、あまりにも記憶と違うので愕然《がくぜん》としてしまい、怖くて再読できない。そのうち、心を落ち着けて再読してみたいものである。

さて、ミステリのほうの「工場の月」は、何を隠そう、アガサ・クリスティの『オリエント急行殺人事件』である。

クリスティの有名作品は、トリックが一行で説明できるものが多く、いわゆる「ネタばらし」をされてしまうと元も子もなくなってしまう。『オリエント急行殺人事件』もそのひとつ。そして、私が読む前に友人にあっさり「ネタばらし」をされてしまった小説が、この『オリエント急行殺人事件』なのであった。そのため、こんにちに至るまでまだ一度も通して読んだことがない。

いや、実は、何度も読もうとしたのだ。よくできたミステリは、再読に堪えるということが長ずるに従って分かってきたので、ひとつオチを知っていて読んでみるというのもよかろう、と何度も手を伸ばした。しかし、読まねばならない本はいつも山積しており、たまに「今度こそ読んでみよう」とすると必ず邪魔が入る。そういう縁のない本というのがあるものだ。最後に挑戦したのは、数年前、トルコ共和国に行った時で、イスタンブールからアンカラに向かう夜行列車というこの上ないロケーションで試みたのだが、疲れて爆睡してしまい、結局最初の数ページしか読めなかったのだった。

そんなわけで、設定とオチのみ知っている『オリエント急行殺人事件』も私の頭の中ではなんとなく出来上がっており、その映像は細野不二彦の絵になっているのだった。

なぜかと言うに、細野不二彦の傑作漫画『ギャラリーフェイク』のイメージが後から刷り込まれたからである。美術界の表と裏を描いた『ギャラリーフェイク』は一話完結型の漫画だが、その中の一編に、オリエント急行を舞台にサザビーズがオリエント急行関係の品物をオークションに掛けるという趣向のものがあり、これが明らかに『オリエント急行殺人事件』を下敷きにしているせいである。

そう考えてみると、子供の頃に読んだ漫画は、アメリカ映画や翻訳SFなどをパクリすれすれの元ネタにしたものが多く、そちらを先に読んでしまって元のほうが「工場の月」化するパターンが多いのだった。

幻の『オリエント急行殺人事件』。こちらもまた、できれば列車の中で、必ずやきちんと通して読んでみたい。

映画における「工場の月」は、なんと『アラビアのロレンス』である。「超大作」感のある名作映画だが、これもまた長らくタイトルのみしか知らず、ロレンスが剣を振り上げているあのおなじみのポスターのイメージしかなかった。つまり、『アラビアのロレンス』とは、「砂漠で戦う白人」の話である、というイメージである。

間違ってはいない。だが、私の頭の中の『アラビアのロレンス』は、砂漠でラクダや戦車が走り回り、接近戦と近代戦が入り混じった大スペクタクルアクション映画であった。

もうお気づきの方もいるかもしれないが、私はどういうわけか「アラビアのロレンス」と「砂漠の狐」と呼ばれたロンメル将軍をごた混ぜにしていたのだ。どちらも「ロ」から始まる四文字の名前で、砂漠で戦う白人。たったそれだけの共通点で、イギリスの探検家とドイツの軍人を一緒にするとは、どちらの母国からも激怒されそうである。しかも、ロレンスが戦ったのは第一次大戦中のアラビア半島。反トルコ軍のゲリラを指揮した時期をメインにしたのがあの映画。ロンメル将軍はヒトラーの護衛隊長を務めていたこともある（のちにヒトラー暗殺計画にも関わったとされた）。第二次大戦初期の西部戦線で戦車師団を指揮し、アフリカ軍団を率いてイギリス軍を破ったが、のちにモンゴメリー将軍率いる連合軍に敗れ、第二次大戦の枢軸国劣勢のきっかけになるエル・アラメインの戦いが行われるのはエジプト北部なのだった。

しかし、私の頭の中では、アラビアの砂漠で、ラクダに乗った白い服の白人と、たくさんのアラブ人、そして戦車師団が入り乱れて戦っており、あちこちで対戦車戦を試みるアラブ人ゲリラが戦車に取り付いて爆弾を仕掛け、バンバン爆発が起きてみんなが吹っ飛ぶ、という映像が出来上がっていた。しかも第二次大戦秘話、なぜかＢＧＭは「クワイ河マーチ」、というめちゃめちゃな話である。

だから、初めて『アラビアのロレンス』を観た時は驚いた。なんか変だぞ、私が想像してた話と違うじゃん、と思っているうちに完全に私の妄想の映画とは時期も舞台も異なることに気付いたのである。その衝撃に耐えているうちに映画は粛々と進み、結局印象に残ったのは砂漠を走るラクダのシルエットが美しいことと（そう、ラクダは走ると意外に速いのにも驚いた）、ピーター・オトゥールの日焼け止めなのか何なのかやたらと目張りの入った異様なメークが怖かったことだけなのである。

だから、知識としては訂正されたものの、今も私が妄想していた『アラビアのロレンス』のほうがアクション映画としては面白いのではないかという気がする。

いっそ、『高い城の男』のごとく、歴史改変SFとしての『アラビアのロレンス』はどうだろう。アラビアの砂漠で戦うロレンスと、北アフリカで戦闘中のロンメル将軍とが時空を超えて繋《つな》がってしまい、ロレンスとロンメルが時空のワームホールの砂漠で対決し、とことん戦うのである（きっと、SFかゲームで誰かがとっくにやってるとは思うが）。

これならば、私の妄想の『アラビアのロレンス』にかなり近い。戦車もラクダもいっぱい出てくるし、大英帝国とドイツ帝国にがっぷり四つに組んで戦っていただこう。

ついでにこの先どうなるかというと、ロレンスとロンメルが死闘を繰り広げているあいだにトルコ帝国がイギリス占領地を次々と奪還、勢いに乗ってスエズ運河まで獲得してしまい、オーストリアとも戦って勝ち、トルコ帝国がヨーロッパの半分を牛耳る世界になっており、政教分離政策は採られず、微妙にムスリム化した世界になっている、という展開を予定している。

「工場の月」からスエズ運河まで、ずいぶん遠いところまで来てしまった。まあ、それこそが妄想の力というものなのかもしれない。


（晶文社ホームページ　2010・6）

我々の外側にいるもの

山田正紀『神狩り2　リッパー』

　SFという呼称は一般的には「サイエンス・フィクション」と説明されるけれど、古くから「スペキュレイティヴ・フィクション」と説明されることも多かった。speculative、すなわち「思索的な」「思考実験としての」小説である。

　山田正紀の驚愕《きょうがく》のデビュー作『神狩り』から三十年後に出た『神狩り2』を読んで真っ先にそんなことを考えた。作者自身「転機」と述べている直近の作品『ロシアン・ルーレット』を読んだ時にも思ったが、山田正紀は既に登場人物に対する興味を失っているように見える。この『神狩り2』でも、多数の登場人物は、山田正紀が「神」という存在を思索するための依代《よりしろ》に過ぎず、派手なアクションシーンが続くのに、全体のトーンはひどく静かでまさしく「思索的」なのだ。文字通り小説の「神」である山田正紀が、小説によって「神」に迫るというのがこの『神狩り2』だ。だが、この山田正紀の「思索」を辿《たど》っていく作業は、かつて思春期に世界に対して感じていたあのざわざわした感覚を蘇《よみがえ》らせ、久しく使っていなかった脳味噌の懐かしい部分を刺激して、非常にスリリングなのである。

山田正紀は言う。この世で一番完璧な刑務所は、本人が収容されていることに気付かない刑務所であると。そして、まさに人間は脳という「現実を直視しないよう」編集された檻《おり》の中で暮らしている存在であると。そんな人間が、果たして脳という檻の外を体感することができるのか。そこには何がいるのか。誰が「外」を人間から隠蔽《いんぺい》しているのか。彼は、この存在を「神」と呼ぶ。そして、大昔から論争されてきた「なぜ神は沈黙しているのか」「なぜ神は人間を超越した存在なのに、人間が神を感じることができるのか」などというシンプルな疑問を、さまざまな宿命を背負った登場人物を通して思索しているのだ。言語学、死海文書、視覚、クオリア、サヴァン症候群——最新の知識がちりばめられているものの、それは目眩《めくら》ましではなく、あらゆる方向から「神」を捉えようという作者の執念なのである。作者は登場人物の言葉を借りて言わせている。「神は人間に興味などない。しかし、常に人間が神に興味を持つように仕向け、狡猾な罠をかける。『神』こそが、人類に与えられた最大の呪いである」と。キリスト教でさえ、本当は人間の力のみで理想の社会を作れると説いたイエスを抹殺し、神に対する原罪という意識を刷り込むためのトリックであったと。脳の記憶を司る海馬《かいば》が極めてダメージに弱く、常に記憶を郷愁の色合いで脚色するようにプログラムされているのは、証拠隠滅のためにパソコンのメモリを破壊するのと同じく外から「口封じ」しやすくするためであり、人間を「編集」し易くするためではないかという説など、『ダ・ヴィンチ・コード』的な考察とは全く異なる方向でのアプローチがここにある。

折りしもヨハネ・パウロ二世の葬儀のニュースを横目に、『神狩り2』を読んでいて、キリスト教圏の人にこの本の感想を聞いてみたいものだと思った。更に、続けてみたTV番組は、中絶胎児の神経幹細胞を、脳神経に移植して神経の損傷や難病を治すというドキュメンタリー。これは新たな「呪い」なのだろうか。

ああ、やはり世界は山田正紀になりつつあるのだと実感した次第である。

（「週刊文春」 2005・4・21）

一九七〇年の衝撃

星新一『声の網』

この解説は、『声の網』の作品の細かいところに触れています。ネタばらしになってしまう部分もあるため、できれば、本文をお読みになってから読んでください。

私が西暦というものを認識したのは、一九七二年からだった。それは、主に少女漫画月刊誌の背表紙によるもので、今でも「りぼん」や「なかよし」の背表紙の「1972」の数字が目に焼きついている。

家庭に電話が普及しはじめたのもこの頃で、転勤が多かった我が家でも最初の電話番号は今でも覚えている。ダイヤル式の黒い電話には、どこの家でも丸いレースのカバーが掛かっていた。

今もあんまり得意ではないが、私はかつて電話が恐ろしくてたまらなかった。かかってくる電話も、こちらからかけるのも、どちらも嫌でたまらなかった。顔が見えず、どこからかかってくるか分からない、突然の闖入者《ちんにゅうしゃ》。便利さよりもそんなイメージが優っていたのである。

新たなメディアは、利便性と経済性を与える代わりに、新たな恐怖と犯罪もセットになってついてくる。『声の網』は以前に何度も読んでいるけれど、今回オリジナルが一九七〇年だと改めて認識したことはかなりの衝撃だった。

かつて星新一を、本好きな子供がジュブナイルから大人の小説への橋渡しとして、平明な表現で面白いショート・ショート作家として読んでいた頃、『声の網』は短編連作ではあるものの、それぞれの短編にいつもの切れ味鋭いエンディングが用意されているわけではなく、なんとなく「ぼんやりした」作品だという印象を持っていた。

しかし、今回読み直してみて、その印象である「漠然とした不安」、それこそがこの作品の通奏低音であって、「見えないところで何か恐ろしいことが進められているような気がする世界への不安、偽りの平穏だがそれにすがり現実を見ない人々、じわじわと強められる管理社会・監視社会」そのものの雰囲気がこの作品のイメージを形作っているのだと気づく。そしてそれはそっくりそのまま現在の世界に当てはまっているのだ。各短編の宙ぶらりんの結末の不穏さは、二十一世紀の高度情報化社会を生きる我々の不穏さにぴったり重なっている。

作家の幻視力というのは凄《すさ》まじいものだと思う。

SF作家というジャンル性を差し引いても、星新一がこの作品で示してみせた洞察力は驚嘆に値する。『声の網』というタイトル自体、ネット社会のこんにちを予言しているように思えるし、すんなり読み飛ばした表現が驚くべき先見性を持っていたりして、その都度慌てて立ち止まっては読み返し、なぜこんなにも正確なのかとほとんど不気味に感じたほどである。

例えば、冒頭の短編「夜の事件」で、土産物屋の主人が電話で今の売れ筋の商品の情報を得たり、在庫の補充を行うところがある。これも最初はあっさり読み過ごしてしまったが、考えてみれば、まだバーコードもPOSシステムもなかった時代に、こんにちのネットショッピングと同じようなことが予見されているのである。

しかし、そういった個々の技術の予想の正確さは他にもいくらでも挙げられるが、もっと驚かされるのは、そういった技術のある社会の、人間の本質的な変貌についての考察なのだ。

メロン・マンションに住む住民たちは、しばしば「秘密」について考える。自分の「秘密」が他人に知られることの意味、それを見知らぬ場所で管理されることについて。

情報化社会が進むにつれ、個人のプライバシーが徐々に重要な意味を持つようになってくることを、今の私たちは承知している。それが「情報」として、金銭的な価値を持つようになったことを、大量に売買される名簿や漏洩《ろうえい》される顧客リストのニュースから実感する。また、大衆が他人のゴシップを「娯楽として」貪欲に消費するようになったことは、ＴＶの番組表を見れば一目瞭然だ。星新一は、『声の網』で、こういった情報の変質を三十年以上前に予言しているのだ。

なにしろ、読み進むにつれて、いろいろな現実の（しかも最近の）事件が頭を過《よぎ》ってしかたがない。ニューヨークの大停電や、東証のコンピューターの誤入力で、たった一日で数百億円の損害を出した事件、テロ対策と称して世界中が監視カメラで埋めつくされていくさま、はびこる盗聴、フィッシング詐欺《さぎ》、などなど。

また、大停電が起きて子供が夜の焚《た》き火を眺めるシーンが印象的な、「重要な仕事」では、コンピューターというものが本質的にデータの蓄積を求める、という鋭い指摘がある。管理社会は、管理それ自体が目的になってゆくのだ。この「データを集めるために事件を起こす」という発想が、最近私の書いた小説とだぶって、ぎくりとさせられた。やはり、今やっている仕事の大部分はみんなが過去にやっているのだなあと改めて痛感してしまった。

星新一は、至って平明な文章でこの『声の網』の陰の主役がネットワークが形成される過程でコンピューターの中に生まれた意識であることを明かしているけれど、そこに私は『二〇〇一年宇宙の旅』で乗組員に叛乱《はんらん》を起こすＨＡＬや、最終話の幕切れのシーンにフレドリック・ブラウンの短編「回答」を連想してしまった。

社会というものについて、進歩ということについて小説を読みながら考えてしまったのは久しぶりのことだった。そこに、普遍的な作品の持つ力を見たような気がする。

（角川文庫解説　2006・1）

昭和のアリバイを崩した男

松本清張『張込み』

一昨年、旅の途中に小倉の松本清張記念館を初めて訪問した時、私は松本清張がデビューした歳と同じ四十二歳だった。そう知ったのも、現地に行ってからのことで、ただただデビュー後の清張の仕事量に圧倒され、「今からこれだけの量を書くのか」と自分と引き比べて気が遠くなった。

八十歳過ぎに亡くなるまで現役であったことを考えても、その精力的な執筆量はハンパではない。ずらりと並んだ本の表紙だけでもド迫力（松本清張は、実にタイトルの付け方がうまい。どれも強く、サマになるタイトルだ）なのに、自宅の図書室を再現したコーナーではその蔵書量にも圧倒される。ともかく、何かに駆り立てられるように、よく読み、よく書いた作家だということはよく分かった。

私は松本清張のあまりいい読者ではなかった。

なにしろ、どうにも暗く重く、ドロドロしたイメージがあった。母がよく読んでいたので、カッパ・ノベルスの表紙には馴染《なじ》みがあったが、子供の頃から本格ミステリとSFを愛していた私は、なにより「社会派」のレッテルを敬遠した。こう言っちゃなんだが、いっとき××のひとつ覚えのようにミステリに対して言われた「人間が描けていない」という言葉を最初に流行《はや》らせた（？）人物として、恨みに思っていた節もなくはない。

そのせいか、むしろ、『日本の黒い霧』や『昭和史発掘』シリーズなど、実録もののほうを面白く読んでいたので、小説に対する印象は薄かったのである。

ところが、最近になって、偶然、続けて清張の短編を読む機会があり、改めて興味を覚えた。

この人の話の作り方は実に独特だ。謎解きがあるわけでもなく、探偵が出てくるわけでもない。一見、平凡に見える事件の経過を語っていくうちに、実は全く別の事件であることが判明する、というパターンのものが多いのだが、視点の変換がとても意外なのだ。やはり清張はミステリ作家であり、エンターテインメント作家なのである。

そして、「昭和のアリバイを崩した男」、という肩書きが頭に浮かんだ。「アリバイ＝不在証明」という言葉が民間に浸透したのは『点と線』がベストセラーになったあたりからであろう。

彼が日本に対してやったのも、まさにアリバイ崩しであった。

戦後の復興期から高度成長期にかけて、「なかったこと」にされてきたものを、彼は次々と「実はあった」と証明していった。貧困、病気、差別、格差、学歴社会、家族の亀裂、共同体の崩壊、などなど。それを、エンターテインメントという形で読者に示してみせたのだ。それは、日本の歴史とされるものについても同じである。彼が古代史や昭和史に興味を持ったのも、そこに欺瞞《ぎまん》や虚偽《きょぎ》の気配を感じたからで、当然の流れであろう。

それは、この『張込み』を読んでも一目瞭然だ。この、彼自身「愛着がある」と語る短編集を読み、私は久し振りに「ルサンチマン」という言葉を思い出したのである。

「菊枕」「断碑《だんぴ》」「石の骨」は、息苦しいまでに同じ話である。恵まれない出自の者が、自分の才能を恃《たの》みにのし上がろうとするが、学歴や家柄、組織の壁に阻まれて挫折したり不遇の生涯を送る、という話だ。

清張がおのれの生い立ちを重ね、恐ろしいまでに感情移入していることがひしひしと伝わってくるし、これを三本並べるところに強い思い入れを感じ、正直いって「ここまで並べるかあ」と聊《いささ》か引いてしまった。

しかし、面白いのはそこから先なのだ。

この三本の次に、自伝的小説「父系の指」が並ぶのである。本来ここに最もルサンチマン的情念が込められるべきであるのに、ここで彼の恨みが、実に完成度の高いエンターテインメントに転化されるのである。前の三編とはほぼ同じ時期に書かれているのだが、自分のことだからこそ客観的になれたのかもしれない。

更に、恵まれた者への嫉妬や僻《ひが》み、上昇志向といったすっかりお馴染みとなったネタを使いながら、この短編集の中で最もあとに書かれた「佐渡流人《るにん》行」は、いよいよエンターテインメントとして洗練され、切れ味の鋭い皮肉な幕切れまで、小説としての完成度を高めているのである。

ここで、ようやく彼はおのれの負の感情を、商品としての小説に活かす術を身に付けたように思える。そういう意味で、確かにこの集に作者が愛着を持つのも分かるような気がする。

もはや、誰もが「降りて」しまった世界で、清張を読むというのはどこかノスタルジックな感慨を起こさせる。

ギラギラと上を狙い、野心を持ってあがく時代は過ぎ去ってしまった。若者でさえ、死に物狂いで働いておカネ持ちになるより、平凡で穏やかな生活を送りたい、と宣言してしまう時代である。かといって、清張が暴いてきたものが消えたわけではない。むしろ、以前よりも見えにくい形で、貧困も格差も差別も広がっている。この不在証明を崩してくれる骨太なエンターテインメントを、現在の我々は、まだ見つけられていないのだ。

（光文社文庫解説　2008・11）

「『藪《やぶ》の中』の真相」についての一考察

芥川龍之介「藪の中」

日本人ならば「真相は『藪の中』」と呼ぶような状況を、アメリカでは「ラショーモン・シチュエーション」と呼ぶと知ったのは最近のことである。「ジキルとハイド」で二重人格、「ロリータ・コンプレックス」で幼女嗜好《しこう》、と、フィクションから取った名前で呼ばれるものはあるが、日本映画のタイトルがそのまま表現になっているのを面白く感じた。

曖昧《あいまい》な日本人好みのテーマらしく、「藪の中」的な推理小説は数多く書かれている。かくいう私も大好きで、『ユージニア』という長編小説を書いたことがあるほどだ。今回、改めて「藪の中」を読み直してみたところ、この作品がいわゆるオープン・エンドと呼ばれるタイプの、立派な推理小説であることに驚いた。なおかつ、何度もしつこく読んでみると、本家本元「『藪の中』の真相」を推理できることに気が付いたのだ。文庫本にして十五ページほどの短編であるが、なんと、手掛かりは全てその中に提示されていたのである。

「藪の中」は前半と後半にはっきり分かれている。とある殺人事件をめぐり、前半は当事者以外の四人の証言（客観的）、後半は当事者三人の供述（主観的）という対比的な構成になっているのだ。

では、前半の証言から得られる客観的事実とはどのようなものか。

証言①（第一発見者の樵《きこり》）

一人の男が馬の入れない藪の中で死んでいた。死因は刃物で胸を一突きされたため。凶器は残されていなかった。死体の近くに一筋の縄と櫛《くし》が落ちていた。乱闘の跡があり、死体の下の落ち葉には大量の血が染みていた。

証言②（被害者を生前に見かけた坊主）

男には馬に乗った女の連れがいた。男は太刀《たち》と弓矢を身に着けていた。

証言③（多襄丸《たじょうまる》という盗人を捕まえた役人）

多襄丸が、女の乗っていた馬と男の弓矢を持っていた。

証言④（女の母親）

男と女は夫婦であり、女は初婚であった。（母親の主観が入っているが）女は非常に勝気な性格であり、男は優しい気質の持ち主だった。

このような情報が提示されたあとで、後半、当事者がそれぞれ自分がやったと殺人を告白するわけである。いったい、誰の供述が正しいのだろうか。

まず、女の供述には虚偽がある。彼女は杉の根元に縛られた夫を刺して、そのあと気絶してしまったが、しばらくして目覚めたら、とうに夫は絶命していたという。

しかし、証言①より、仰向けに倒れた男の下に大量の血が染み込んでいたことから、杉に縛られたまま刺されて絶命したのなら、木の根元に血が染み込んでいなければおかしい。大量出血は、刺した刀を間を置かず抜いた時に起きるはずなので、彼女が自分の小刀を抜いたという供述はないが、刺してすぐに抜いたにしろ、絶命して時間が経《た》ってから抜いて夫を仰向けに寝かせたにしろ、証言①の状態にはならない。

次に夫の供述である。ここで気にかかるのは縄の状態だ。多襄丸と女は「縄をほどいた」と言っている。しかし、夫は、多襄丸が「縄の一部を切った」と言っているのである。そのあとで、自分で縄を解いたという。しかし、証言①には「一筋の縄」と述べられているのだ。切られた縄をほどいたのならば、縄は二本になっているはずである。だから、この供述にも虚偽がある。従って、盗人ながら（盗人だからかもしれないが）意外なほどの知性と洞察力を見せる多襄丸の供述が、真実を述べていると考えるのが妥当である。

女は多襄丸と夫が戦っているあいだにいったん逃げて隠れていたが、しばらくして戻ってきて夫が死んでいるのを発見し、近くに落ちていた自分の小刀を拾って逃げた、というのが真相である。断言できるのは、それぞれの供述にヒントがあるからだ。

ポイントは光だ。時間の経過とともに、藪の中に傾きかけた太陽の光が射し込んでくる。夫は死ぬ間際、多襄丸と女が去ったあとに、地面に妻の小刀が「光っている」のを見る。彼は、西日が刃に当たったところを目撃していたのだ。ところが、女の供述によると、夫の死後、死にきれずさまよいつつ「小刀で喉を突いた」と言っているので、彼女はいつのまにか小刀を取り戻していたことになる。しかも、彼女は夫の死体の「青ざめた顔に西日が当たる」のを見た、と言っている。このイメージは非常に具体的かつ印象的なので、実際に、夫のところに戻ってきた彼女が目撃した光景であったと思われるのだ。

ならば、なぜ女と夫はこのような供述を行ったのか？

それは、ズバリ、当事者三人とも、潜在的に、夫の死を願っていたからだ。

その理由について考える時、多襄丸の場合は本人の供述通りであるが、あとの二人については、さっきの証言④が効いてくる。母親から見た、娘と婿の性格である。

女は恥ずべきところを見られた夫に蔑《さげす》まれるのに耐えられない。その激情の根底には、そもそも、のこのこと悪党についていき、立派な太刀を携えている癖にあっさり木に縛りつけられてしまった夫への恨みがくすぶっている。夫は夫で、もはや多襄丸を斃《たお》したとしても、この先二人の関係は二度と元には戻らないこと、なおかつ妻の気性から言って、屈辱的な場面を目にした夫、あるいは妻を助けられなかった夫を許すことができないことも予想していただろう。彼は、彼女を苦しみから救い、あるいは自分をも救うために、多襄丸と二十三合も打ちあえるほどの腕を持ちながらも、最後はわざと討たれてしまったのではないだろうか。つまり、夫は無意識のうちに死を選んだのだ。

女は、自分が夫の死を望んだことを痛いほど承知していた。多襄丸が殺したにしても、自分も同罪、自分で殺したも同然という罪悪感がある。だから、自分の小刀で、この手で「殺した」と思い込んだのも不思議なことではない。また、夫も多襄丸の手を借りて自殺したのだから、自分で自分を「殺した」というのもあながち間違いではない。つまり、そういう意味では、三人とも嘘は言っていない。あくまでそれぞれの「本当の」ことを語っているのである。図らずも、多襄丸が言ったように、「女を奪われた男は必ず殺されなければならな」かったのだ。

（「国文学　解釈と鑑賞」２０１０・２）

追記：古くは大岡昇平も犯人はよく読めば分かると言ってます。反論のお手紙もいただきましたが、ま、こんな読み方もできるということで。

残月の行方

内田百閒「柳撿校の小閑」

小説家には、版を変えるたびに自分の作品に加筆を重ねるタイプの人がいる。常にベストを目指すのは立派だと思うが、個人的な本音を言えば、人間は日々変化しているのだから、直しにはキリがないし、往生際が悪いなと思う。改稿ならまだしも、中には、タイトルまで変えてしまう人もいる。作品の顔であるタイトルを変えるのは勇気がいる。短編といえど、しょっちゅう店の看板を掛け替える作家はあまり信用できない。

百閒の短編のタイトルは、うまい。そっけない単語の羅列のようでいて、ちゃんと百閒らしさがあるし、全く無駄なところがなく、どれもビシッと過不足なく内容を表している。

その百閒が唯一、二度もタイトルを変えた作品——それが「柳撿校《やなぎけんぎょう》の小閑《しょうかん》」である。最初の改題で「残月」となり、最終的には「磯辺の松」に落ち着いたという過程は、実に興味深い。その過程において、百閒自身が、図らずも自分が傑作を書いてしまったことを発見していったように思えるからだ。

「柳撿校の小閑」が傑作であることは間違いないだろう。ほろ苦い抒情と慈しみが漂うその世界は、百閒らしからぬようでいて、その実、とても百閒らしい作品である。ここまで鮮やかに「見えない世界」が表現され、追体験できる文章はなかなかお目にかかれない。

何より素晴らしいのは、三島由紀夫の指摘を待つまでもなく、三木先生と別れたのち、最終章で十七年の歳月が流れ、最後の胸を締め付けられるような一文へと収束していくところである。

そもそも、百閒はいかに「ちゃんと終わらないか」に労力を払っている作家である。これみよがしに話を綺麗《きれい》に結び、「決まった」と鼻の穴をふくらませて作家が自己満足に浸ることを何より憎んでいる節すらある。素知らぬ顔で奇妙な世界に誘い込んだ読者を置いてきぼりにし、フッと世界が暗転するような幕切れをよしとしているのだ。

ところが、「柳撿校の小閑」は、作者の意図を超えて、図らずもお話の流れだけでひとりでに、しかも完璧に終わってしまったのである。恐らく、この短編を書き終えた百閒は、そのことにすら気づいていなかったのではあるまいか。

そのなによりの証拠が、タイトルの「柳撿校の小閑」だ。

箏《こと》を愛し実際に撿校たちとのつきあいがあった百閒は、文字通り自分の親しんだ世界である「柳撿校」の「小閑」を描こうとしてこの短編を書いたのであろう。三木先生云々は撿校の世界に登場する脇役に過ぎなかった。

しかし、次にこの作品を百閒が読み返した時、彼はこの作品が「柳撿校」の「小閑」を描いた作品ではなく、その「小閑」の理由――「小閑」の外側にあるもの――を描いた作品であることを発見するのである。

突然の別れでこの世を去った三木先生、一緒に箏を弾いていると、日々の稽古《けいこ》に弾き馴らした古琴が「猛然と牙を鳴らして自分に立ち向かって来る様な気勢を感じ」、「自分の琴爪はりゅうりりゅうと鳴る」ような相手であった三木先生。

その三木先生に最後まで教えることのできなかった難曲が「残月」である。

それは、元々、とある商家の娘の死を悼《いた》むために作曲された曲であり、その娘の法名《ほうみよう》からとった曲名であった。

亡き人を悼むこの曲が二重写しとなり、最終章にこそ作品の中心があると気づいた百閒が、「残月」をタイトルにしたのは自然な成り行きである。

一見、この改題は正しいように思えた。

だがしかし、三たびこの作品を読み返した百閒は、更に新たな発見をする。

改めて「残月」というタイトルをこの短編の看板として考えてみよう。若くしてこの世を去った女たち。親に先立つ不孝、人生の春を迎えずに生涯を終えたむごさ。それは確かに残酷なことであり、「残月」の意味するところは象徴的である。しかし、この夕イトルの場合、この短編は、ただの「若くして世を去った女たちを悼む」話でしかない。

本当に、この短編はそんな話なのだろうか？

違う、と百閒は思ったはずだ。

主人公が悼んでいるのは三木先生その人であり、過去に傷ましい死を遂げてきた不特定多数の娘たちではないのだ。主人公にとって特別な存在であるといなくなって初めて気づかされた三木先生。気づいてからの長い歳月。その大事な三木先生に、彼女の運命を暗示する曲を最後まで教え切ることができなかった、その口惜しさ、心残りこそがこの短編の核なのである。

だからこそ、最後に百閒が付けたタイトルは、無数の死者をイメージさせる「残月」という曲のタイトルではなく、三木先生に教えることのできなかった曲のフレーズ、二度と誰にも教えなかった曲、誰でもない三木先生と一緒に歌うはずであったフレーズから取った、「磯辺の松」なのである。

ここで初めて、作者はこの短編が純愛の物語であることを発見し、認めたのである。

（「別冊太陽・内田百閒」２００８・９）

演出から遠く離れて

久世光彦『百閒先生　月を踏む』

『百閒先生　月を踏む』。

久世光彦の本の装丁としては異色だ。これまでの久世本の妖《あや》しくゴージャスな印象とは一転し、淡い梔子《くちなし》色のカバーに白のタイトル。繊細な和菓子のような、淡白な甘さが漂う。

それでもなぜか「月」を感じさせるのは、黄身あんを連想するからだろうか。

内田百閒をモチーフにしていることは明白だ。

作中にちりばめられた短編は、それぞれのタイトルからして『冥途《めいど》』などに含まれた短編を組み合わせたことが窺えるし、むしろ分かり易いくらいに単純なネーミングである。

しかし、一読して装丁同様、異色な作品だと感じた。

下手すぎる。

この言葉が適切かどうかは分からない。が、私には作者がわざと下手に書いているとしか思えないのである。

何がといえば、百間の作品を模したと思われる数々の短編が、である。

思えば、久世光彦は、小説の世界では、当初より文学に対する深い造詣と、大きな敬意を纏《まと》って私たちの前に登場してきた。その端緒が『一九三四年冬——乱歩』であることは言うまでもない。

『一九三四年冬——乱歩』にも、乱歩が書いたとしか思えない文章が幾つも登場した。中でも短編「梔子姫」の完成度は、まさに乱歩の未発表の原稿ではないかと見まごうばかりの凄《すさ》まじい出来で、その技巧と「なりきり度」に瞠目《どうもく》させられたことを今でもまざまざと思い出せる。

そのことを思うと、久世光彦の最後の作品がやはり先行作品・先行作家の偽作をちりばめた本であることに因縁を感じるが、かつて乱歩に完璧になりきってその作品を模していたのに比べ、遥かに成熟度を増し技巧も極めているのに、今回は百間になりきることを確信犯的に放棄しているように思えてならないのである。

久世光彦ならば、本当に百間らしい、百間の原稿ではないかと疑うような短編を書くことはいくらでも可能だったはずだ。

百間の持つ異様さ、悪夢のようなとりとめのなさ、平易なのに誰にも真似のできない文章の完成度、心地好《よ》いのに不穏なリズム、読んでいる時の読者の心の温度や距離感。久世光彦に、その辺りの呼吸やカラーが分かっていなかったはずはない。

だが、彼は今回は己の存在を消し、百閒になりきることを選ばなかった。

あくまでも、久世光彦として久世光彦の百閒を書くことを選んだのである。

その証拠に、登場してくる短編と、百閒の有り得なかった架空の小田原での生活を描く地の文とは、ほとんど一体化していて、地続きで区別がつかない。「遡行《そこう》」「蜜月」「青髪」などいかにもありそうなタイトルの短編は、実際に書かれたかもしれない短編ではなく、架空の世界で暮らす百閒がその世界で書いた短編なのだ。それはすなわち、久世光彦が作り出した百閒、久世光彦である百閒である。だから、一見、いかにも百閒っぽいモチーフに満ち溢《あふ》れた十五にものぼる数々の短編には、久世光彦本人にしか出せない個性が色濃く滲《にじ》みでている。ちょっと悪戯《いたずら》っぽく、技巧と機知に富み、サービス精神がいっぱいで、艶《つや》っぽく、鮮やかで、軽やかであるという久世光彦の個性が。

それはちょうど、ベテラン俳優が、歴史上の人物を演じる時に己の人生を投影するのに似ている。久世光彦は、最後の作品で久世光彦なる生身の人間が演じる内田百閒を演出することを試みたのだ。

だから、既に多くの人が指摘するとおり、作品中、久しぶりに書かれたという設定で披露される「百閒日記帖」の一節「死ヌトイウコトハ、青ニ溶ケルトイウコトナノダロウカ」は久世自身の呟《つぶや》きにも見え、強く読者に迫ってくる。

小説という、一人で完結できるメディアに足を踏み入れた時、彼は演出家という立場から遠ざかろうとしてきたはずだ。若い頃から耽読《たんどく》してきた文学、深い洞察力で読んできた文学。自身もコレクターであり、文学史にも精通していたのだから、他の作家に負けないものをという自負もあっただろうし、実際ハイレベルの文章力とイメージ喚起力で素晴らしい作品を残してきた。

しかし、文学者をモチーフとした小説はともかく、爽やかで軽やかかつ感動的である青春ドラマ『卑弥呼《ひみこ》』や、ネビル・シュートの終末的世界を彷彿《ほうふつ》とさせる『渚にて』などの作品を読む時、やはり演出家の小説であるということを実感せずにはいられない。どうしてもファインダー越しに流れる映像作品を見ているようで、人物の内側から湧いてくるドラマそのものではなく、ドラマの実体を外側から一視点で見ているという隔靴《かっか》掻痒《そうよう》感から逃れることはできないのである。

そのことに、本人も気付いていたのではないだろうか。そして、演出家から遠ざかろうとすればするほど、小説なるものを演出していることにジレンマを覚えていたのではなかろうか。

この作品を書く時、そのことをはっきり意識していたのかどうかは分からない。

だが、自分から遠く離れることをやめ、自分を文学者に投影して演出することを選んだ時に、これまでにないものを獲得したような気がする。

この小説を読んでいる間、なぜか近年の久世光彦演出の舞台『冬の運動会』の一場面がしきりに思い出されて仕方なかった。

向田邦子原作の、男たちが家庭の外に秘密の擬似家庭を持っている、という設定のこの話は、家のセットがぐるりと回るようになっていて、それぞれ別の家の中が現れる、という仕掛けになっていた。セットが回る度、異なる家の中で悲喜こもごもが展開されるわけだが、ラストシーンの直前、いつも登場人物たちで満たされていた家が無人状態のまま、ライトを浴びてぐるぐると回転し続ける場面があった。

私にはその場面がとても印象的で、ずっと頭に焼き付いていたのだが、今となっては、あのキラキラと照明を浴びて回っていた無人のあの家が、久世光彦にとっての文学だったような気がしてならない。

いつも客席の暗がりから見上げる、舞台の上で輝くセット。誰もいなくても、そこには何かがある。必ずある。常に誰かが演じるのを待っている。

そこは神聖な場所であり、飯の種でもあり、遊べる場所でもあったはずだ。なのに、そこを神聖な場所としてしか扱わない現代の文学者たちに久世光彦は強い不満を覚えていた。お金の話を持ち出すと失礼だと言われ、お客にサービスすると下劣だと蔑《さげす》まれ、遊ぼうとすれば不謹慎だと眉を顰《ひそ》められ、新しい試みはことごとく無視される。そんな場所が、彼の愛している場所であったはずはない。彼は、そこはもっと自由で、もっと面白く、もっと豊かな場所であると信じていた。

久世光彦はダンディな人だったが、いっぽうでとてもフェミニンな人だった。「母」というのも彼の作品の重要なモチーフであるが、本人にもとても母性愛的なものを感じたし、作品にもいつも両性具有的な視点が登場する。

この作品でも小坊主果林が、その役目を果たしている。

果林の存在は興味深く、内田百閒の文学に対する批評を吐露するのと同時に、久世自身のことをも客観的に見つめている。文学者としての久世と演出家としての久世を兼ねているのだ。それでいて、果林はひどくいじらしく、少女のように可憐でもある。そのいじらしさ、可憐さは久世光彦の本質的なある一部分なのだ。

百閒先生が「ぼちぼち、潮時かな」と小田原を引き払う気配を見せた時、果林は「胸が潰れそうに」なる。その胸の痛みは、文学と遊び切れなかった久世の痛みでもあり、「潮時」が近いと感じている百閒（そしてやはり久世自身）の痛みでもある。

私の痛みは、決して彼らのものほど切実ではない。きっと、私自身の「潮時」を感じるその瞬間まで理解できることはないだろう。しかし、広くて古くて伝統のある、恐ろしく神聖な舞台で、大人の強さと格好よさで真剣に遊び続ける姿を見せてくれた大先輩がいきなりいなくなって、一人で舞台の隅でぽつんと遊ばなければならなくなった心細さはたとえようがなく、ただ呆然と途方にくれるばかりである。

（「小説トリッパー」２００６・夏）

ケレンと様式美、スター三島に酔いしれたい。

三島由紀夫『春の雪』

何かのロードショーを観に行った映画館で、次々と流れる予告編に身を委《ゆだ》ねていたら、急にぎょっとして身体を起こしてしまった。無意識のうちに、「なんじゃあこりゃあ」と、胸の中で叫んでいたのである。

どうしてだろうと思って改めて見ると、それは『春の雪』の予告編であった。いったい何が「なんじゃあこりゃあ」なのだろう、と私は画面を見ながら考え込んだ。わざわざよその国から撮影監督を呼んだらしく、画面は非常に流麗で色彩も美しい。極彩色の三島にふさわしく、主人公二人も清々しく綺麗で、衣装も素晴らしい。しかし、やはり次の瞬間、私は「なんじゃあこりゃあ」と叫んでいたのだった。

その要因は、主役二人の声にあった。

画面の中の姿の壮麗さに比べ、耳から入ってくる声が貧弱なのである。台詞《せりふ》に艶《つや》と説得力がないのである。何より、ケレンも様式美のカケラもないのである。

目に飛び込んでくる情報によると、主人公二人は物凄《ものすご》くエエところのお坊っちゃまお嬢様であるのに、耳から入ってくる情報は、ただの近所の兄ちゃん姉ちゃんなのだった。そのあまりのギャップに身体が反応していたらしいのである。ああ、聡子の声は、ご成婚前の美智子皇后にふきかえていただきたかった。一人、暗闇の中で身もだえする。ねえねえ、三島由紀夫やるのに、自然体の演技なんてやめようよ。

本編を見終わったあとも（これを書いている今、何の映画だったかすっかり忘れてしまいました）、私は『春の雪』の予告編に対する自分の反応について考えていた。そして、つまり、三島由紀夫は「それ」が全てなのだと思い当たる。

ケレンと様式美。それだけを賞味するべきなのだと。

世の中には、本格推理小説という分野がある。密室殺人事件が起きて、探偵が現れて、容疑者一同を集めて謎解きをする、というのがスタンダードだ。私はこの分野の小説を愛しているし、特に日本にはこのジャンルを熱愛する人が多く、自分で創作する人もたぶん世界一多いのではないかと思われる。しかし、同じくらいこのジャンルは子供騙《だま》しだ、リアリティがない、と蔑《さげす》まれることも多い。

しかし、本格推理小説は、伝統芸能の世界なのだ。ケレンと様式美が全てなのである。型があり、型を踏まえ、ギリギリのところで型を壊しつつも、古い馴《な》染《じ》み客を納得させるのが芸の見せ所なのだ。歌舞伎を見ても、なぜあんな変な化粧してるんだ、なんであんなところから出てくるんだ、なんであんな奇妙なポーズなんだとは追及しないはずである。

それと同じことが三島由紀夫にも言える。

彼の小説は、舞台の上で演じられる芝居なのだ。それを客席から素直にうっとり鑑賞し、決して書割《かきわり》の後ろを覗《のぞ》いたり、緞帳《どんちょう》をめくってみたりしないこと。それが三島を楽しむコツだと私は信じている。

清顕《きよあき》様、肌綺麗。ほんと、ぴっかぴっか。いいわねー、若い人の肌は。見て見て、聡子様の衣装、なんて豪華なの。いったい幾ら掛かったのかしら。

これでよいのだ。

演劇的、と一言でくくってよいのかは分からない。しかし、常に胡散《うさん》臭い虚飾の匂いのする三島の台詞が冴えるのは、なんといっても戯曲である。

『近代能楽集』の素晴らしさは、三島の台詞のケレンが、舞台というものの持つ、真実を浮かびあがらせるためのケレンにぴったり重なっていることだ。舞台という虚構の力を借りた時、三島の台詞は無敵な真実のきらめきを放つ。

やっぱり三島にはいかがわしさがないとねえ。

映画の予告編を反芻《はんすう》しながら久しぶりに『春の雪』を読み返した私の頭に浮かんでいたのは、いっときフランスで実験的に書かれた「シネ・ロマン」のことだった。

頭の中で放映されている映画をそのまま写実的に文章で写し取っていく、という表現法のことで、一切内面描写がなく、あくまで外から見て予測される感情のみが既述される。アラン・レネ監督の『去年マリエンバートで』はこの手法で書かれたロブ＝グリエの小説を映像化したものだ。

三島の小説もこれに近い印象を受けるのである。

三島は、舞台の正面から、シナリオに基づき、スポットライトを当てる箇所を決め、ライトの当たった箇所を描写する。彼もまた、観客と同じく舞台裏の人間関係や釘の出ている羽目板などには興味を持っていないかのようだ。彼は舞台裏や袖にはおらず、観客席の一番後ろにいて、舞台の出来栄えを観客と一緒に満足しつつ眺めている。周囲の客が彼に気づき、まあまあ三島さんよ、さっきの場面素敵でしたわ、と話し掛けたら、「あそこのセットは大変だったんですよ」と相好を崩して応えてくれるかもしれない。

それほど、「見世物」としての三島の文章は素晴らしい。私は今回もまた、舐《な》めるように彼のきらきらした表現や比喩を楽しんだ。

「妃殿下は、それとわかるほどはっきりと振向かれたのではなかった。まっすぐに背筋を立てたまま、片頰の端だけを心持向けられて、そこに微笑をちらと刻んでおみせになったのである。そのとき、屹立《きつりつ》する白い頰のかたえに、ほのかに鬢《びん》の毛が流れ、切れ長のおん目のはじに、黒い一点のきらめく火のような微笑が点じられ、形のよいお鼻筋は、何事もなくそのかなたに清く秀でているさま、……こういう妃殿下の、横顔とさえ云えぬ角度の一瞬のお顔のひらめきが、何かの清い結晶の断面を、斜めに透かし見るときに、ほんの一刹那ゆらめいてみえる虹のように感じられた。」

ひえーっ、かっこよすぎる。すごいっ、恥ずかしいっ。

「もしかすると清顕と本多は、同じ根から出た植物の、まったく別のあらわれとしての花と葉であったかもしれない。清顕がその資質を無防備にさらけ出し、傷つきやすい裸かで、まだ自分の行動の動機とはならぬ官能を、春さきの雨を浴びた仔犬のように、目にも鼻にも滴をなして宿しているのと反対に、本多は人生の当初はやくもその危険を察して、その明るすぎる雨を避けて、軒下に身をちぢめているほうを選んだのかもしれない。」

仔犬ですよ、仔犬っ。雨に濡れた仔犬っ。こんな文章、今どき絶対書けないっ。でも、ほんと言うとちょっとだけ書いてみたい。だけど私には絶対似合わないっ。

このような描写がそこここにちりばめられているのだ。恐らくは、清顕は三島の分身であり、三島は清顕におのれのイメージを当てはめていたであろう。だからここはひとつ、三島というスターの一挙一動に酔いしれるのがよろしいではないか。

実際、純朴な田舎の高校生にとって、三島はスターだった。

私が最初に三島由紀夫を読んだのは演劇部に所属する友人に薦《すす》められた『近代能楽集』だったし、それを皮切りに『仮面の告白』、『潮騒』、『金閣寺』と読み進めた。

『金閣寺』のきらびやかな描写に圧倒され、「ああ、これが文学。これがスターの輝きなのね」と試験勉強そっちのけで読み耽《ふけ》り、その神々しさにひれ伏したものである。

大学の国文科の友人は、お兄さんの名前がお父さんの付けた「由紀夫」だったし、映画『黒蜥蜴《くろとかげ》』で三島が演じた人間剝製も、美輪明宏の美貌と共に脳にプリントされている。

読んだ人なら誰しもそうだと思うけれど、新潮文庫のオレンジ色の三島カラーも目に焼きついている。太宰が黒であることを考えると、この選択は実に意味深だ。背表紙の色は、我々読者のイメージに絶大な影響を与えている。

あの三島カラーを目にする時、とっさに連想するのは鳥居や神殿などの宗教施設である。思えば、かつては鳥居や神殿は鮮やかな朱色に塗られ、人々の耳目を集め、神のパフォーマンスが披露される舞台であった。ほとんどが儀礼的であり、歳月を経るにつれ時には意味すらも分からなくなっているパフォーマンスであっても、長年の経験の蓄積から、客引き効果は抜群であったことは間違いない。それはそっくりそのまま三島のパフォーマンスにも当てはまるので、やはりあのカラー選択は鋭い。

今やすっかり三島といえば「楯《たて》の会」と自決の印象しかなく、三島を語る人は「あの日」の衝撃と自分がその時何をしていたかしか語らないのは納得がいかない。あれじゃあ、ただの変な人で終わったみたいじゃありませんか。私が「一見上品なふりをしているが本当はスケベな世界文学」というテーマで密《ひそ》かに選定しているベストテン（日本はかなりいい線いっている）でも上位に入る、『憂国』みたいなエロいものもあるのに。『春の雪』を撮るんだったら、うんとストイックで清冽《せいれつ》な美しさのある和風美男美女で、格調高くそれでいて思い切り嫌らしく『憂国』を撮ってもらいたいなあ（過去に一度映画化されていたような気もするが）。これこそエロスとタナトスの極致である。エロスとタナトスくらい、古来人気を集めてきた「見世物」はないし、三島はそのことをよく知っていた。まあ、「殉死《じゅんし》」がテーマだからいろいろ文句を言う人はいるかと思うし、外国メディアは例によってブシドー、ハラキリ、あるいは軍国主義への憧憬《しょうけい》か、などという紋切り型の質問しかしないと思いますが。

　更に、『春の雪』の場合、もう一つ別の読みどころがある。

　この作品は、『豊饒の海』という四部作の一冊目である。

『豊饒の海』とは何か？　これは、平たく言うと輪廻《りんね》転生の話なのだ。もっとはっきり言うと、なんといいますかその、元々その傾向はあったが、三島が完全にスピリチュアル系の世界に足を踏み入れた話なのである。

　過去にもそちら側に行ってしまわれた作家の例は多々あるが、私はとことん懐疑的で刹那《せつな》的な人間なので、正直いつも淋しい思いをする。ああ、また一人手の届かないところに行ってしまった、と淋しく本を閉じる。ひょっとすると、俗人が理解できないだけで、皆さん魂のステージ（というのかどうか分からないけど）を上がられたのかもしれないと一瞬考えてみたりもするが、やはり納得がいかないのである。皮肉なもので、信じていない作家がそれをフィクションとして描くと真実かもしれないと思うのに、信じている作家が真実の描写としてそれを描くと、とても真実とは思えなくなる。

しかし、三島由紀夫の場合は平気だ。彼の場合、本当に信じていたのかもしれないが、それすらも彼は演《だ》し物《もの》として舞台の下から観ているからである。

巷《ちまた》にはスピリチュアル系のものが溢《あふ》れている。感動ストーリーや自己啓発のビジネス本には、かなりの確率でそういったものが含まれているのだ。タイトルに数字が含まれていると、更にその確率は高い。別に否定はしないし、そういったものを求める気持ちが分からないでもない。それで心の安定を得られるならば、それもよかろう。けれど、その手の本の安易で安っぽい芸のなさには憎悪を抱いている。こちとら、年中プロットに命を懸けているというのに、このスカスカなストーリー、似たような構成はどうにかならんものか。「魔法の言葉」や「幾つかの習慣」で簡単に魂のステージを上がれるくらいなら、誰も苦労はせんわい。せめて、『豊饒の海』くらいの芸がなきゃ。

ですから、『春の雪』はその手の本の芸ある見本としても読めます。刊行は一九六九年。モチーフは仏教&インド思想。三島はぎりぎりフラワー・チルドレンに間に合ったということになるのかもしれない。

（「クロワッサン」　2006・1・10）

『鹿鳴館《ろくめいかん》』悲劇の時代

三島由紀夫『鹿鳴館』

三島由紀夫の『鹿鳴館』の戯曲には、「悲劇四幕」と最初にはっきり明記してある。彼はどういうつもりでこう書いたのだろうか。

現代くらい「悲劇」が成立しにくい時代もない。そもそも、正義や大義が色褪《あ》せ、善と悪という二元論が消滅してしまった今、悲劇と喜劇の境界線もすっかり溶けてしまい、全てが相対的なものでしかないからだ。現代では、悲劇と名乗ったものは、名乗ったとたん、すべからく喜劇となってしまう運命にある。第一、本人にとっては悲惨な状況が他人から見ると笑えてしまう、というのは、古今東西のコメディの基本であるし、もはやあまりにも複雑になってしまい、シュールで不条理そのものの今の世界では、どんな悲惨な状況でも笑いのめすしかやっていく方法がないからだ。

私には、かつての「悲劇」は長閑《のどか》な時代の産物に思えてならない。

『ロミオとジュリエット』ひとつをとってみても、異常にハードなスケジュール展開や仮死状態になる薬の謎など、突っ込みどころが山ほどあって気になるし、天を仰いで己の運命を嘆き悲しむ彼らが悠長かつ鈍感に見えてたまらないのだ。しかも、「悲劇」は観客あってのもので、全体の構図を見渡せる人物がいないと成立しない。おのれの不幸をじっくり嘆く時間も余裕もない現代人には、「悲劇」は羨《うらや》ましい環境としか言いようがないのである。

このせちがらい世の中では、悲惨はあっても悲劇はない。「悲劇」を味わおうとしても、「遺族のことを考えろ」とか、「勝手に死んで世間に迷惑をかけるな」とか、「いつまでもメソメソしてるんじゃない。不幸な人は他にもいっぱいいるんだ」などと激しいバッシングを受けてしまいそうである。「悲劇」は、もはや一般人には手の届かぬ贅沢品なのだ。

にもかかわらず、『鹿鳴館』は正しく悲劇として成立している。なぜかといえば、メロドラマだからだ。正確に言うと、筋立てがメロドラマであることを自覚して書かれているからである（むろん、三島はそう自覚しつつもこの戯曲を単純なメロドラマにしないだけの俳優の力を求めているのだが）。

近年人気の韓流ドラマは、七〇年代の大映ドラマや少女漫画との類似が指摘されているが、それらも要は皆、メロドラマであった。その最大の特徴は、すれちがいと偶然。つまりは「運命の悪戯」である。実は、これは、悲劇にもそっくりそのままあてはまるのだ。

そして、我々は、七〇年代にメロドラマと悲劇を消費し尽くし、もはやそれらを信じられなくなってしまった。記憶喪失や取り替えっ子や血の因縁を、「ありえねー」の一言で片付け、起承転結とハッピーエンドを素直に鑑賞できない身体になってしまったのである。韓流ドラマの人気は、過去の無邪気な時代への憧憬なのかもしれない。

更に、ゲームの出現は、物語そのものを消費した。RPGを始め、サイコやメタフィクションまで消費した人々は、ついに物語まで信じなくなってしまった。「ハリー・ポッター」シリーズに代表される異世界ファンタジーの隆盛は、消費し尽くした物語に対する鎮魂歌に思える。

そんな、全てが消費されてしまったあとの不毛の時代が今なのだ。これを悲劇の時代と呼ばずしてなんと呼ぼう。

時代そのものが悲劇になってしまった今、悲劇の生き延びる余地はあるのだろうか。『鹿鳴館』はそのひとつの回答に思える。三島は、知性と企みのないメロドラマは決して悲劇になりえず、むしろ喜劇になってしまうことを知っていた。逆に言えば、きらびやかな台詞と確信犯的な虚飾に満ちた三島の戯曲だからこそ、悲劇となる可能性があることを信じていたし『鹿鳴館』が真の悲劇になることを切望していた。「悲劇四幕」の四文字には、そんな彼の自信と願いがこもっているような気がするのである。

（「ラ・アルプ」２００６・５）

エスピオナージュからビルドゥングス・ロマンへ

佐藤優『自壊する帝国』

佐藤優という人がいきなり完成された形で思いもよらぬところから現れ、書くもの書くものが面白く、あっというまに出版・言論界を席捲《せっけん》するのを目にした時、私は奇妙な感想を持った。

当時の読書メモにも書いてあるのだが、その感想とはこうだ。

「日本は、まだツキがある」。

もちろん、ご本人は五百十二日間も勾留《こうりゅう》されたくなかっただろうし、こういう真っ当で有能な方には、ちゃんと外交官として、我々の知らない第一線で活躍していただいたほうがよっぽど日本のためになるのであろうが、それでもなお、この時期このタイミングで佐藤優という人が我々の目の前に弾き出されてきたことに、そういう感想を抱いたのである。

それにしても、TVに映し出される、この国の偉い人らしき人たちは、いつからかくも幼稚になったのであろう。「思慮深さやしたたかさ」とか、「先憂後楽《せんゆうこうらく》」とか、「国家百年の計」などというものからは果てしなく遠く、むしろ幼児のような無邪気さすら感じるのは私の気のせいだろうか。

あのう、私たち、そんな大したことは望んでいないんです。別に、空中で三回転しろとか、金の斧《おの》を泉から拾ってきてくださいとは言っていません。頼むから、フツーの庶民がやっているように、本来自分がすべき職務を、せめて給料のぶんくらいは、まともにやっていただきたい。そう望んでいるだけなのであるが、どうやら彼らの考えている「自分がすべき」「給料に見合う」「仕事」についての価値観が、我々とは根本的に異なるのではないかという疑惑を、公務員やらキャリアやら政治ゴッコをしている皆さんに薄々感じ始めているのである。

元々、ニュースになるのは異常なものであり、ニュースになるくらいなのだから異常な行為であり、同じ職に就く他の大部分の人はまともにやっているのであろう（と信じたい）。しかし、いっぽうで、一匹ゴキブリを見かけたらそのウン十倍はいるという俗説が正しいように、もしかしてこれは氷山の一角なのでは、と思うのも人情というものである。

しかし、『自壊する帝国』を読む限り、「なんだ、外務省にもまともな人がいるんじゃん、ちゃんと働いてる人もいるんじゃん、ちゃんと信念を持ってる人もいるんじゃん」とまずはホッとできたのである（が、こういう人を弾き出しちゃったということについては、また別の話だ）。

そして、私が何よりホッとさせられたのは、体系立てて修めた学問や、付け焼刃ではない教養というものが、世界と戦い、仕事をしていく上で、今もちゃんと武器になるということを佐藤氏が証明してくれたことだったのだ。

なにしろ、教養というものが消滅したと言われて久しい。国立大学ですら「独立採算」だ、「産学連携」だ、「実学」だと浮足立っており（要は「カネにならんことはするな」ということらしい）、また、そういう「世間」に敏感なワカモノたちも、「何も知らない、等身大のこのボクを愛して」「アタシって、本読まないヒトだから」と子犬のような目で尻尾を振るのである。

水は低きに流れる。

かくて、ぎりぎり矜持《きょうじ》を保っていたはずの大人たちも、しょせん自分たちの教養が付け焼刃であったことに後ろめたさを持っていたから、それがハリボテであったことを認めてしまい、ウンウン、教養なんてウザイよね、と頷《うなず》いてしまった。つまり、世の中はなんにも知らなくてもちっとも構わないし、なんにも知らないワカモノに媚《こ》びることで経済活動が成立してしまうようになったのだった。

となると、ただでさえ小心者で、常にマイノリティであった私は、「そうなんですか、やっぱりいらないんですか、教養」と徐々に疑心暗鬼になっていったのである。

そんな時に、佐藤氏という強力な反論が現れたのだ。私は、氏が身をもって教養の普遍性を実証してくれたことに、本当に感謝している。

佐藤氏の核が神学であるというところがまた面白い。それこそ、今のニッポンでは「実学」から最も遠いところにあるものとして一蹴されるであろう分野だからである。

私が初めて佐藤氏の著作に接した『自壊する帝国』のなかで、自分の学んだ神学を基準として、ソビエトやその周辺諸国で知識人に人脈を広げていくところは痛快であった。若い時に思考の訓練をし、自分の判断基準を持っている人がいかに社会に出てからも強いかということを、私は社会人二十年目にして、改めて佐藤氏の著作から教わったのだった。

さて、その『自壊する帝国』を、この解説を書くにあたり再読した。

この本は、初読時からいろいろな読み方ができるなと感じてはいたが、再読して全く印象が異なることに驚いた。

初めて読んだ時、私はこの本を面白いエスピオナージュものとして読んだ。

元々、私がこの本を手に取ったのも、「ソ連崩壊の過程を内側から描いた話」と聞いたからだった。昔から、スパイものとか国際謀略ものが好きだったので、その延長として楽しんだのである。

なにしろ、本物のエスピオナージュなのだ。「おお、実際にはこんなことをするのか」と驚き、記憶に残ったのも、ロシア語を学ぶためにイギリスの陸軍学校に行くとか、いかに賄賂《わいろ》を効果的に使うかとか、小銭を大量に買って情報を集める、などという「インテリジェンス」の細かいテクニックに感心した箇所であった。

また、「冷戦中のソビエト、共産主義、周りはみんな敵」みたいな場所で情報収集に当たる任務の内幕ということで、何かの雑誌で紹介する時には、「未知の土地で顔を繋ぎ、人脈を築いていくビジネスマンにも役立つのではないか」と、ビジネス書としての読み方を勧めた覚えがある。

しかし、改めて読んでみると、それらの印象はすっかり薄れてしまった。

その後の氏の著作を何冊も読み、ますます理路整然とした記述が凄《すご》みを増す近作に接しているせいか、改めて読む『自壊する帝国』は実にみずみずしく、爽やかだった。

この本は、一人の青年が日本国の外交官として起つ自覚を深め、また、一人の知識人として成長していく、瓦解《がかい》するソ連を舞台としたビルドゥングス・ロマンなのである。

いかにして佐藤優青年が、現在の佐藤優になっていったか。その基礎が、歴史の流れで否応なしに崩壊していくソ連の中で築かれたさまが、周囲の個性的な人々への不思議な愛おしさを伴って、読む者に迫ってくる。

中でも、文庫版あとがきでも言及されている、サーシャの印象は強烈だ。その精神的不安定さも含め、日本では出現しえないタイプの天才で、刻々と変わる政治的状況を読む勘の凄《すさ》まじさが興味深い。ぜひ、氏にもう一度ロシアに行ってサーシャと再会してもらいたいと望む読者は多いのではなかろうか。

そして、その頃、この『自壊する帝国』は、また違う読まれ方をすることになるだろう。現在も着々と進む、プーチンの「偉大なるロシア復活の道」が、その頃までに形になっているだろうからだ。となれば、ソ連崩壊の内幕と、そこから零《こぼ》れ落ちていった人々の記録として、新たなロシアの体制の根っこを探る検証材料として、この本が改めて注目を浴びることになるはずだ。暴力的なものを内蔵する国家、その国家がいったんなす術もなく崩れ落ちていったのを、再びどうやって威信を取り戻していくのか。『自壊した帝国、その後』を佐藤優の目を通して再び読みたいと思う。

さて、私がかつて読書メモに書いた「日本にツキがある」のかどうかは、佐藤優がもはや目の前に現れてしまった以上、我々の側に掛かっていることは確かである。

ほんとうに、日本にはまだツキがあるのだろうか。私たちは、まだ間に合うのだろうか。今はまだ、誰にも分からない。

(新潮文庫解説　２００８・10)

とある単語における一考察

親の仕事の関係で引っ越しが多かったので、言葉には敏感になった。話している言葉が違うと、てきめんにいじめられるからである。

東日本内を引っ越している時はそうでもなかったが、いちばん違いを感じたのは松本から富山に引っ越した時だった。イントネーションが変わり、明らかに関西圏に入ったなあと子供心にも思ったものである。

中でも印象的だったのは「ダラ」という言葉である。

いっとき、日本における「アホ」と「バカ」の使用分布調査が話題になった。確か関西のTV番組の中での企画から始まったはずで、最初は思いつきだったのが、最後には大掛かりな調査になって、結果は本にまとめられ、学術的にも高く評価されている。

ところが、富山では、それに当たる言葉が「ダラ」だった。

最初は何と言っているのか、何を意味しているのかさっぱり分からなかった。言葉が聞き取れていないのではないかと不安になったほどである。しかし、やたらと子供たちが、「ダラ」「ダラ」と言うのを見て、どうやらそれが東日本で自分が使っていた「バカ」に相当するようだ、というのに気が付いた。子供というのはその手の言葉を使いたがるものだし、使うシチュエーションが同じだからである。

当時はよく分からなかったが、「アホンダラ」の略だと気付いたのはずいぶん後になってからのことだ。恐らく最初はみんなが「アホンダラ」と言っていたのが、時間が経つにつれ、同じ関西圏でも前の部分が残ったところと、あとの部分が残ったところに分かれたわけである。

なぜ北陸地方は「ダラ」なのだろうか。

私の勝手な解釈であるが、どう考えても、「雪が降るから」としか思えないのである。

地形や気候は、風土を形作る。風土は言葉に影響する。

豪雪地帯である富山の雪は湿って重い。雪玉を作ろうとすると、手袋がびちゃびちゃになる。北海道のパウダースノーとは対極にある、すぐに溶けて凍結する重い雪なのだ。

その印象は、まさに「パウダー」と「びちゃびちゃ」という、半濁音《はんだくおん》と濁音の違いそのまま。「ダラ」という言葉の重さ、濁音の響きは、北陸の雪の重さではないだろうか。

だいたい、「アホ」というのはどう見ても暖かい地方の言葉である。上着を肩に掛けて、ゆうゆうとお腹を突き出して歩ける気候の言葉というイメージだ。

その証拠に、「アホ」と口にしてみて分かるのは、口を大きく開けなければならないということだ。寒冷地で冬にこれを口にすると、口の中が寒いということである。しかも、そこに雪が吹きこんでくるとなれば、頻繁に「アホ」と言うのはつらいのではないだろうか。「ダラ」ならば、口はほとんど開ける必要はないし、舌が歯の後ろに付くので雪も入ってこない。おまけに「アホ」と言うのには、「a」と「o」という母音から母音への移動のため、結構エネルギーが必要なのである。「ダラ」ならば、母音は同じだから労力は少ない。長い冬を乗り切る体力を温存するためにも、だんだん「アホンダラ」から「……ンダラ」へと変化していったのではないだろうか。

言葉というのは面白いもので、同じ罵《のの》り言葉でも「アホ」は能天気なお調子者、「バカ」は頑迷かつ融通の利かないヤツ、というニュアンスが漂うが、「ダラ」の場合、そのニュアンスは「愚か者」というのがいちばん近いような気がする。北陸が揃って教育熱心な県で、持ち家率も日本一高い、というのは「ダラ」にならないように子供の頃から刷り込まれているからだ、というのは私の考えすぎだろうか。

（「星座」２００７・１）

高度な技とセンスの凝縮作品

『清水義範パスティーシュ100』

子供の頃のイチゴは酸っぱかったので、どこのうちでも缶に入った甘いコンデンスミルクを掛け、イチゴを潰しながら食べていた。そして、正直なところ、子供たちは、酸っぱいばかりで潰すとやけに水っぽくなるイチゴはいいから、コンデンスミルクだけをお皿いっぱいに入れて、好きなだけ舐《な》めてみたいなあ、と思っていたのである。しかし、それはイケナイことであった。甘いもの、もっと食べたいものは少しだけ。これが日本の常識であった。この反動で現在の我々は「オトナ食い」と称し、ロールケーキ一本とかメロン一個とかアイスクリーム一パイントなどを一気に食べる幼い頃の夢を果たし、体調を崩す。

我が家に分厚いゲラが届いた時、私はその隅っこに書かれたタイトルを見て、一瞬おのれの目を疑った。

『清水義範パスティーシュ100』

ひゃく？　百も書いてたの、アレを？　いや、これは自選短編集だと聞いている。つまり、自選から漏れたモノがそれなりにあるはずだ。なんと、私の知らないうちに百よりも多い数のアレが書かれていたのだ。マジですか。

私と清水義範のパスティーシュの出会いは「インパクトの瞬間」であった。

ぼちぼち「パスティーシュ」という言葉を聞いていたが、どういうものなのだろうと手に取って読んだのが、この作品の入った短編集だった。当時ＴＶでやたらと流れていたゴルフクラブのＣＭで、「インパクトの瞬間、ヘッドは回転する」という、高級そうでなんだか凄《すご》そうなのだがさっぱり意味の分からないコピーがあった。それを完璧に解説してくれたのが「インパクトの瞬間」であり、私はひとり大受けしたことを覚えている。

そもそも、パスティーシュというのは「文体模写」という意味らしい。しかし、ひと口に「文体模写」といっても清水義範のカバーする範囲はおそろしく広い。古事記や百人一首などの古典から、歌謡曲や『ブリジット・ジョーンズの日記』、英語の教科書、憲法前文、ワープロの取扱説明書、マラソン中継、将棋観戦記、文庫解説目録に通信添削。およそ人の手によって書かれたものはすべてカバーするのである。

正直に言うと、私もこのようなものをやってみたいと思ったことがあるし、これに近いようなことを短編や長編の隅っこでやってみたことがある。それくらいならば、偶然うまくいくこともあるのだ。ひとつやふたつ、せいぜい五つくらいまでは。そう、イチゴの練乳がけ程度である。しかし、清水義範は、練乳「オトナ食い」を続けているのだ。練乳というのはなにしろ練乳なので、中身が凝縮されている。何かを模写するということは、元のモノについて理解していなければならないし、もちろんそれをなぞるだけでは意味がないのでそれをふまえた上で自分のモノを付加するという、ひじょうに高度な技とセンスを要求されるのだ。次々と繰り出される凄《すさ》まじい技を目の当たりにしながら、私はじわじわと恐怖すら感じた。ここまでやりますか。マジなんですね。

「一の巻」にさりげなく入っている「半村良『江戸群盗伝』の解説」(これは本物の文庫解説)の、師匠半村良との会話にその答えがあった。

「おれにはこれしかねえって、その一念でしたから」
「嘘ってもんは所詮嘘で、タメになったり、値打ちがあったりしちゃ邪道だぜ」

「切なさ」も「癒し」もなく、「泣け」もしない。ただ面白がれて、スカッとするものを書く。そう、これ以外に我々一エンタメ作家の望むものなどあろうか。

しかし、そのいっぽうで、これらの短編群を読んでいくうちに、時折、フトひょっとしてこれが真実なのではないか、と思ってしまうのであった。

「英語の語源は日本語であった」と主張する学説。隣国の邪馬台国の記述に矛盾があるのは、日本人がやたらと「○○銀座」と付けたがるように、あやかり命名のせいであったという説。

「一の巻」の二編、司馬遼太郎のパスティーシュ「猿蟹の賦」と丸谷才一のパスティーシュ「猿蟹合戦とは何か」が大傑作だと思うが、私のお気に入りは『若草物語』×『細雪』の「パウダー・スノー」。ほんと、谷崎がオルコットを読んでいたかは、私もとても気になる。

（「ちくま」２００９・１）

伝奇小説が書きたい

「伝奇」なる言葉を広辞苑で引くと、「①不思議なこと、珍しいことを伝え記したもの」という説明文が出てくる。そのまんまだ、と思うがそのまんまのことに今も魅了され、そのまんまのことを書いて生活しているのだから文句は言えない。

しかし、今の日本で普通に「伝奇小説」と言えば、山田風太郎とか柴田錬三郎とか、アクが強くてやや荒唐無稽《こうとうむけい》な味付けをした歴史もの、というイメージではないだろうか。

ただ、私の考える「伝奇小説」は、次の条件が満たされていなければならない。

一、歴史や考古学、民俗学などの薀蓄《うんちく》が満載されている。

二、作者のオリジナリティある、歴史や事物に対する解釈や新説が披露されている。

逆にこの二つが満たされていれば、私は割に広い範囲で伝奇小説とみなしている。

たとえば、時代小説と伝奇小説は境目が曖昧《あいまい》だけれど、忠臣蔵《ちゆうしんぐら》を諜報《ちようほう》戦&心理戦として描いた『四十七人の刺客』（池宮彰一郎）や、吉原を治外法権の要塞とみなした『吉原御免状』（隆慶一郎）なんかは私の中では伝奇小説に近い位置づけだ。

フィクションとノンフィクションの中間に位置すると思われる明石散人『宇宙の庭』（龍安寺石庭の暗喩を解き明かす）とか世界的ベストセラーになったグラハム・ハンコックの『神々の指紋』（地軸の移動でこれまでに何度も高度な文明が滅亡しているとする説）も伝奇小説。

もちろん、ダン・ブラウンの『ダ・ヴィンチ・コード』とか夢枕獏の『陰陽師』もバリバリ伝奇小説。

歴史ミステリはほとんどそうで、井沢元彦の『猿丸幻視行』とかウンベルト・エーコの『薔薇の名前』も堂々たる伝奇ミステリ。最近はノンフィクションでも人類学者中沢新一の『アースダイバー』とか宗教学者鎌田東二の『聖地感覚』なんかも伝奇だ。あ、梅原猛は立ってるだけで伝奇。

言葉は悪いが、妄想すれすれでも熱く筋の通った自説を展開してくれればすべて伝奇なのだ。

「伝奇」的なものになぜ人は惹《ひ》かれるのか。子供の頃、「世界の七不思議」とか「謎の古代文明」にわくわくした気持ちは今も変わらない。

思えばいろいろ読んできた。

角川文庫のオレンジ色の背表紙、デニケンの『未来の記憶』、トレンチ『地球内部からの円盤』に始まり（地球空洞説って今もあるのだろうか）、手塚治虫の『ライオンブックス』（エジプト古代文明は宇宙人の遺産、という話があった）、ジュール・ヴェルヌにコナン・ドイル（この二人はSFというよりやはり伝奇）。

日本SFの半分くらいは伝奇小説だった。半村良に山田正紀、小松左京に光瀬龍。遠い過去は遠い未来と一緒。あまり過去のないアメリカ合衆国に未来を語るSFが栄えたのも当然だろう。

強烈なインパクトがあったのは、手塚治虫の『三つ目がとおる』とNHKのドキュメンタリー番組『未来への遺産』だ。『三つ目がとおる』は額の三つめの目にバンソウコウを貼った少年写楽保介が古代文明の謎を探る話だし、『未来への遺産』は世界中の遺跡を巡る思索紀行。特に、奈良の飛鳥とイースター島に夢中になって、亀石が回って大和一円が泥の海に沈む話とか、イースター島に伝説の鳥人が飛んでくる話とか、漫画で書いていた。それまでにも森本哲郎のイースター島やタッシリ・ナジェールの紀行文なんかも読んでいたが、ヘイエルダールの『アク・アク』を難しいと思いながらも一生懸命読んだ。

それから中学、高校生あたりになると梅原猛の『隠された十字架』にゾクゾクし、現代随一の伝奇作家、高橋克彦が登場して『竜の柩《ひつぎ》』とか『刻迷宮《ときめいきゆう》』を夢中になって読むという経過を辿《たど》り、現在に至るのである。

小説家として中南米を訪れ、マヤ文明やインカ文明の地を目にした時は感無量。あのUFOを操作する図として有名な壁画のあるパレンケ、春分と秋分の日にピラミッドに光の蛇が現れるチチェン・イッツァ、『スター・ウォーズ』のロケ地ティカル、謎の空中都市マチュ・ピチュを見られて伝奇ファンとしては本望。その紀行文を一冊にまとめて、雑誌「ムー」から取材申込があった時は「私も偉くなったものだ」としみじみ思ったのであった。

さて、ここまでは前振りである。

しばらく伝奇的なものから遠ざかっていたのだが、最近になって、星野之宣《ゆきのぶ》の伝奇漫画「宗像《むなかた》教授」シリーズをゆっくり読み返す機会があって、やっぱり伝奇ものって面白いなあと思った。必要があって日本の神道や民間信仰の本を読む機会が続き、その複雑さを面白く感じていたのと、ここのところ、『ハリー・ポッター』や『ダ・ヴィンチ・コード』など、伝奇的なもの（ファンタジーは伝奇の一種だ）が世界的に流行《はや》るのも興味深く感じていたし。

読むジャンルとして大好きな伝奇小説と本格推理小説は、自分で書くには向いていないジャンルだと思っていた。自慢じゃないが、記憶力がないので資料が覚えられないし、論理的思考ができないことを重々自覚していたからだ。

しかし、ここ数年、伝奇小説も本格ミステリも、作り方は同じではないかと考えるようになってきた。言い方は悪いが、提示されている情報から好きなものを選んで好きな絵を描けばいい。沢山の点を打った紙があって、そのうち数字の付いている点を順番につないでいくと絵ができるのと同じで、同じように点を打った紙でも違う点を結べば違う絵が出来上がるのは当然。要はいかに綺麗な絵を描けるかなのだ。つまり、荒唐無稽な話やとんでもない話でも、線が全部つながっていてきちんとした絵になっていれば「お話」としてはいいのではないか、と。

そう考えるようになると、文庫の解説などでかつて読んだ小説の読み直しをするのが面白くなり、『夏の名残りの薔薇』という私が考える本格ミステリ（どこが本格なんだ！ という声もあるが）が書けたので、じゃあ、やっぱり伝奇もやってみたいな、と思うようになったのだ。ただし、本格ミステリと違って伝奇小説は、選択すべき点の数が圧倒的に多いので、ひたすら点を増やしていかなければならないのが難点だけれど。

そんなわけで、点を増やすべく広く浅くいろいろな点を収集し続けているのだが、その途中で、ひとつの発見があったのだ。

自分では確かに伝奇モノが好きだとは思っていたが、そのルーツが今いちよく分からなかった。もちろん漫画に映画、小説にＴＶといろいろなものから影響を受けているのは確かだが、根っこの部分がぼんやりしていた。

去年、とあるエッセイの依頼があった。子供の頃に読んだ絵本から印象に残っている一冊について書く、という依頼で、私が何気なく選んだのがジョーダンの『ぺにろいやるのおにたいじ』という本だった。

好きな絵本、印象的な絵本といってもいろいろあって、絵が好きだったものとか雰囲気が好きだったものとか、一様には比べられないが、『ぺにろいやるのおにたいじ』は奇妙な内容が印象に残っていた。

ある国の王様のお城のそばに、恐ろしい鬼の住んでいる城があり、みんな鬼に怯《おび》えて生活している。征伐《せいばつ》に行った者も、ことごとく追い返され、ひどい目に遭《あ》う。

ある日、「じゃあ僕が」とお城の家来の息子である小さな男の子が鬼を訪ねていく。

鬼は追い返そうとするが、「遊びましょう」とやってきた男の子が手に持っているのはおもちゃだけ。ぶちのめすわけにもいかず、渋々城に入れる。お城を案内しているうちに、鬼は人間の骨やら獣やらを見せるのが恥ずかしくて、どれも皆別のものに変えてしまう。人間の骨も麦わらにして、二人で遊び始めるとどんどんお城が小さくなってゆき、しまいには、お城の人が来てみたら、小さなテントの中で子供が二人夢中になって麦わら遊びをしていた、というもの。

当時は知らなかったが、ジョーダンはアメリカ人で、ヨーロッパからアメリカにやってきた移民に伝わる話を採録してこの絵本を書いたらしい。彼が生物学者で平和運動に従事していた、という経歴を知ると、このお話、いろいろ深読みができるのだが、それよりも私が気に掛かったのは、似たようにヨーロッパから北米に移民してきた人たちに伝わる話でやはりとても好きな本があったのを思い出したことだった。

『トンボソのおひめさま』という本だ。カナダに入植してきたヨーロッパ移民と先住民族の民話が混ざった話をこれまたバーボーとホーンヤンスキーという学者が採録した本らしい。いったい何回読んだか分からないくらい繰り返し読んだ本で、今も手に取ると必ず通して読んでしまう。

移民し、混血し、世代を経た人々のあいだに伝わる話を採録する。

そのような形を経て生き残ったお話には、当事者以外の学者肌の人が採集することもあって、失われたり、削《そ》ぎ落とされた部分もかなりあるだろう。逆に、そのことである種の客観性や寓話性を帯びてくる。話の核が強調されるか、あるいは同じくらい話の核心が隠蔽されてしまうことで、独特の雰囲気が産まれてくる。私はこの二冊の本に共通するその雰囲気に惹かれていたようなのだ。

『トンボソのおひめさま』には五つの話が入っているが、訳者石井桃子の解説にもあるとおり、非常に力強いお話で面白いのである。

これまでにも何度も子供の頃に読んだ本、影響を受けた本としてこの本を挙げてきたのだが、その癖、小林信彦やロアルド・ダールなどへの偏愛ぶりに比べれば、長らく私

『トンボソのおひめさま』
バーボー／ホーンヤンスキー 著
石井桃子 訳
1963年、岩波書店

の中では「圏外」のような扱いだった。けれど、「伝奇小説」という観点で読み返してみて、私の伝奇好きのルーツはこの本なのだ、と確信した。ストーリーの骨格が圧倒的に力強く、「不思議で珍しい」のである。

たとえば、表題作である「トンボソのおひめさま」。

とある王国に、三人の王子がいる。しかし、この王国はジリ貧で、ぐうたらな王子が王様の遺産を食い潰《つぶ》してしまう。死に際、王様は「おまえたちに残してやれるものは穀物倉の中の古い鉢だけ。わしが死んだら、一人一回ずつその鉢を振って、中から出てきたものがそれぞれの財産」と言い残す。やがて王様は亡くなるのだが、王子たちは早くその鉢を振ってみたくて、本当はしばらく亡骸《なきがら》を飾っておくのがならわしなのに、とっとと埋めてしまう、というのがやけに人間くさくて生々しい。

さて、穀物倉の古い鉢を振ってみると、一番目の王子は開ける度にいっぱいの金貨が出てくる財布、二番目の王子は吹くと大勢の兵隊が出てくるラッパ、三番目の王子は腰に締めて行き先を念じさえすればその場所に行けるベルトを手に入れる。

三番目の王子ジャックは、誰も行ったことのないトンボソの国、その国のこの上なく美しいというトンボソのお姫さまに会いたいと念じて姫の部屋に行く。

美しい姫は突然部屋の中に現れたジャックに驚くが、ジャックの話を聞き、「私がそのベルトを身に着けても同じことができるのか?」と尋ねて「もちろん」と渡された魔法のベルトをせしめ、ジャックを叩《たた》き出してしまう。ジャックは国に帰って兄に財布を借りて買い戻そうとするがその財布も「私が使っても同じことができるのか?」と言われて姫に取られ、更にラッパを借りて兵隊で威嚇《いかく》するが同じく「私が使っても同じことができるのか?」とラッパも取られてしまう。このジャックの学習能力のなさには呆《あき》れるが(こんなのが王子なのだからジリ貧の王国になってしまうわけだ)、何よりこの強欲な姫、しかもなかなかずる賢い姫が笑える。

さすがに三度目に叩き出されたジャックは深く反省する。国にも帰れず、ぼろぼろで水が飲みたいとたどりついた小川のほとりに、林檎《りんご》とスモモの木があったので林檎を食べる。すると、鼻がどんどん長くなってしまい、仰天してスモモの実を食べると鼻が縮む。

そこで彼はこう叫ぶのだ。「ぼくはくだもの好きの誰かさんを知ってるぞ」

そう、実は最初にジャックが姫の部屋に現れた時、姫は林檎を齧《かじ》っていたという伏線があるのである！

ジャックの逆襲開始。彼は物売りになりすまして林檎を売り、姫に林檎を食べさせることに成功する。そして、次に医者になってスモモを持って姫のところに現れるのだ。そして、スモモと引き換えに三つの宝を取り返し、まだ鼻が縮み切らないうちに正体を明かし、「許してください。仲良くしましょう」としなを作る姫に「あんたみたいな鼻の長いお姫様、仲良くしたくないね」と言い捨てて、国に帰るのである。

この実に見事な構成、ほれぼれする。しかし、「トンボソ」ってどこ？　何語？

他の四つの話にも、古今東西「お話」のお約束とされるものがすべて入っている。チャンスは三回。王子も三人。チャレンジに成功した男に与えられるのは美しいお姫様だ。魔女の館の開かずの間。もちろん、開けてしまい、馬に姿を変えられてしまった王子。または、魔女に追いかけられて、三つのものを投げつけるというのもお約束。象に乗ったスルタンが登場するなど、どことなくイスラムの香りがするところも面白い。

考えてみれば至極当たり前のことなのだが、「不思議で珍しいお話」は、基本的に旅人や年寄りに「聞かせて」もらうものだったはずだ。ならば、心惹かれる話、あるいはエンターテインメントの原点はこの「人々に伝わる奇しい」お話である、つまり民話やメルヘンである、という全く当たり前のことに気付かされたのである。

そういえば、今年は『遠野物語』の初出版から百年目で、初めて『遠野物語』を読んだ時のわくわく感や面白さも『トンボソのおひめさま』に通じるものがあった。中でも山奥に無人のお屋敷があり、そこからお椀《わん》など什器《じゅうき》のひとつを持ち帰ると金持ちになれる、という「マヨイガ」の話がとても好きだったのは、『トンボソのおひめさま』で、魔女の館のあかずの間の井戸に浸《ひた》したものがみんな金になってしまう、という話が好きだったのと通底するのである。

これはやはり、どれだけかかっても、エンタメ作家のはしくれならば「伝奇もの」をひとつは書かねば、と決意を新たにしたのであった。

（晶文社ホームページ　２０１０・７）

挿絵の魔力

子供の本には挿絵が欠かせない。

かつて本というものに触れ始めた時は、本というのは「絵があるもの」で、絵を見るために本を開いていた。絵のない本など、その存在が理解できなかったものだ。

小学校に上がるまでは、絵本の中の世界がそのまま脳内イメージになっていて、つぎはぎになった絵本の絵の世界に生きていたような気がする。

『ちいさいおうち』に流れる、何世代もの長い長い時間。

『せいめいのれきし』の光と影に満ちた荘厳《そうごん》な時間。

『てぶくろ』の、ミクロでいてマクロな生き物の世界。

『ぐりとぐら』の、巨大な卵からできたホカホカのかすてら。

『ももいろのきりん』の、色とりどりのクレヨンがなる木。

毎日毎日繰り返し飽きもせずにページを開き、あげくの果てにはページの外の話の続きを自分でこしらえたり、薄い絵本に不満を抱いて、いつまでも終わらない絵本があればいいのにと夢想していた。

絵本はもちろん、挿絵とセットになって記憶されている名作児童文学は多い。『不思議の国のアリス』『クマのプーさん』『ナルニア国ものがたり』『星の王子さま』『ドリトル先生』シリーズ『エルマーのぼうけん』などなど。もはやこのレベルになると本文と分かちがたく、まさに話と一体化して読者のイメージを確固たるものに築き上げてきた。

今でも細部まで覚えている本に、牧村慶子が絵を描いた『石のはな』がある。大判のフルカラーの絵本で、職人である主人公が「細工をするための素晴らしい石がある場所」に行き、石を掘る場面で、その石のかけらの美しい色とすべすべした触感までが伝わってきて、今でも、当時想像したひんやりした石の触感が思い浮かぶほどなのだ。

本に親しむにつけ、だんだん長いものが読めるようになると、少しずつ挿絵が減ってゆき、ついに全く絵のない本を読んだ時にはずいぶん大人になったような気がしたものだった。今では、小説に絵が付いているほうが「イメージを限定してしまうのになあ」と思う。

私の絵の趣味は、どうも昔からダークだったらしい。とにかく、毒のある絵が好きだった。子供の頃に強烈に印象に残っているのは、宇野亜喜良《あきら》、井上洋介、片山健、小林泰彦、堀内誠一、味戸《あじと》ケイコらである。

宇野亜喜良は子供の頃から私のアイドルである。コケティッシュで大人っぽく、官能的なのに寓話的で。今江祥智《よしとも》『さよなら子どもの時間』、フォア・レディースという変形版シリーズで出ていた立原えりかの『恋する魔女』、ジェームズ・サーバー『たくさんのお月さま』。シンプルな、時間と空間が地続きになったようなタッチにとても憧れた。お絵かきの好きだった私はよく真似したけれど、あんな線はとても引けなかった。小説家になって、『ネバーランド』を連載する時、「誰か希望する絵描きさんはいますか」と聞かれ、真っ先にその名を挙げてイラストをお願いできた時は、子供の頃からこの日までが繋がっていたように思えて、感無量だった。

小林泰彦は、もちろん小林信彦の『オヨヨ大統領』シリーズの挿絵。今にしてみれば、イラスト・ルポのはしりみたいな、サブカル系の方だったのですね。漫画のコマのように手書きの枠があって、隅っこに落款《らっかん》のように「ヤスヒコ」と描いてあるところがカッコよかったのだ。

堀内誠一はずば抜けたデッサン力で谷川俊太郎訳の『マザー・グースのうた』など、ヨーロッパを題材にしたイラストが抜群にうまかった。子供向けの絵本もいっぱいあったけど、『グリム童話』で呪文を唱えるとどんどんおかゆが溢《あふ》れてくる鍋の話があって、それを止める呪文を忘れて町中がおかゆだらけになるという、ブリューゲルみたいな絵が私の印象に残っている。もちろん当時は、有名なアートディレクターだったなんてことは全く知らなかった。

ええ、どれも真似しましたとも。描けなかったけど。

井上洋介、片山健は福音館書店の出していた「こどものとも」シリーズの『だれかがぱいをたべにきた』、『もりのおばけ』などどれもダークな話が好きだった。だいたい、私は先に挙げた世界名作児童文学でも『エルマーのぼうけん』の絵が好きなのだが、宇野・小林・井上などのシンプルな線を主体にしたイラストの路線と、輪郭を描かず影で表現するタイプの路線とが好きらしい。『エルマーのぼうけん』や片山健、味戸ケイコなんかはこの路線だ。今は別の画家のものに替わってしまったが、私が持っている版の『チョコレート工場の秘密』もこの路線で、床に工場のホースがいっぱい並んでいる場面なんか異様に偏愛していたなあ。

最近、福音館書店から出た月刊絵本「こどものとも」の創刊五十年記念号『おじいさんがかぶをうえました』で歴代の「こどものとも」を眺めていたが、私の記憶に残っている絵本というのはどれもこれも狙ったようにアクの強いマイナー感漂う不気味系ばかりで、メインストリームの爽やかなもの、可愛いもの、感動的なものは全く覚えていないところがやはり三つ子の魂百まで、という感じである。

更に、私のイラストの趣味に決定的な影響を与えたのは、今はもう休刊してしまったが、やなせたかしの責任編集でサンリオから出ていた「詩とメルヘン」だった。「アンパンマン」が連載されていたし、やなせたかしの表紙がいつも鮮やかで、色が本当に素晴らしかった。小学校二年生くらいから高校生まで購読していたし、当時のバックナンバーは今も全部とってある。

全く広告を載せず、投稿された詩で構成するという今では珍しくないタイプの雑誌だが、大判で、いい紙を使って、カラー印刷、見開きにひとつの詩でそれにイラストを付ける、という贅沢な造りだった。童話は原則としてプロが書いていたが、私は別役実をこの雑誌で知ったので、最初別役実《べつやくみのる》は童話作家だと思っていたのである。「流れる街」や「愛のサーカス」など、今読んでも凄《すご》みのある美しくも恐ろしい傑作が素晴らしい挿絵付きで掲載され、強い影響を受けた。

ここにはもちろん宇野亜喜良も描いていたし、林静一、飯野和好、スズキコージ、滝野晴夫、北見隆、牧村慶子、東君平、黒井健らそうそうたるメンバーで、毎月舐めるように絵を眺めていた。葉祥明や東逸子もここに登場してからブレイクした気がする。

ジャック・プレヴェールの詩や中原中也の詩を特集したり、アンドレ・モーロワやジュール・シュペルヴィエルの短編を絵本ふうにイラストをつけたり、井上陽水らフォーク歌手の歌詞をシリーズで載せるなど、なかなか渋い企画もあった。グランマ・モーゼスの絵を日本で最初に紹介したのもこの雑誌だったと思う。

のちにプロのためのイラストコンクールができて（毎月開催していて、実際に掲載された詩の中から自分で一枚選んで絵を付けるという審査方法。読者投票なども考慮して、通年で年間のグランプリを決める、という面白い形式だった）、おおた慶文、早川司寿《しず》乃《の》、きたのじゅんこ、小谷智子らもここから出てきた記憶がある。特に、私は登場してきた時から早川司寿乃が好きで、彼女の応募作である、「ゆびめがね」という詩につけた、セピア色の画面の中央の丸い窓の向こうに波打つ海が見えるという絵を今でもよく覚えている。

既に絵本作家として認められた人も、どちらかといえば「詩とメルヘン」では、ダークで実験的なものを描いていたような気がする。「詩とメルヘン」は投稿者が大人中心だったこともあり、かなり大人っぽかったからだ。

中でも特に強い印象を受けたのが、上野紀子と味戸ケイコだった。

上野紀子は『ねずみくんのチョッキ』など、『ねずみくん』シリーズで既に地位を確立していたけれど、私は断然もう一人のメインキャラクターである「くろぼうしちゃん」のファンだ。この子はいつも黒ずくめの格好をしていて、文字どおり黒い幅広の帽子をかぶっているため顔に影が落ちていて表情が見えないという、幼少の少女ではあるがかなりゴスロリが入っている、上野紀子の作品ではお馴染《なじ》みのキャラクターだ。ただでさえ絵本業界では異色のキャラクターであるが、中でも「詩とメルヘン」で最初に見た「室内旅行」という八ページの特集の、ルソーばりの濃くて妖《あや》しい絵の印象が強い。やはり、生まれ持った性分か、二面性のあるアーティストの作品を見た場合、専《もっぱ》らダークサイドに反応してしまうようなのである。

そして、「詩とメルヘン」といえば、私にとっては味戸ケイコである。「光と影を描く画家」という言葉がこれほどぴったりする人はいないだろうと思われるほど、味戸ケイコの描く夕暮れやカーテン越しの光の鉛筆画は私を魅了した。

残念なことにもう亡くなられてしまった安房《あわ》直子の童話（最近全集が出た）とのセットで記憶している。彼女の童話がまた不穏で美しく恐ろしく、味戸ケイコの絵とぴったりマッチしていた。このコンビは最強だったといえよう。

このゴールデンコンビは「詩とメルヘン」でたくさんの作品を残したが（最近、瑞雲舎から『夢の果て』という本にまとめられた。当時の担当編集者の熱意によるもので、ベストな形だと思う。が、絵のサイズが小さくてさみしいのと、味戸さんが結構新たに絵を描き直しておられるのが個人的には残念。私としては、「詩とメルヘン」のサイズで、当時の掲載のままの組みとイラストでムック版としてまとめられたものが欲しい！）、私のお気に入りは「夢の果て」「声の森」「小鳥とばら」だ。

「夢の果て」は不思議なアイシャドウをまぶたに塗って眠るといつも同じ夢を見るとい

う話で、少女は夢の続きを見るために毎晩アイシャドウを塗って眠る（肌によくないと思うけどね）。やがて夢の中でついに「探していた」と思える男性に出会うが、アイシャドウをもう使い切ってしまい、あきらめきれずもう一本手に入れようとアイシャドウの製造元に出かけていくと——という話。

「声の森」は、中に入り込んだ者の出すあらゆる音を真似する魔の森に入り込んだ少女がどうやって森から脱出するかという話。

そして、「小鳥とばら」は、バドミントンの羽根を追って町外れの謎のお屋敷に迷いこんだ女の子が不思議な母と息子に小鳥とばらのパイを食べさせられて——という話である。

安房直子の話は、異界との接点をテーマにしたものが多く、どれも夕暮れどきに終わりを迎える。その「あわい」と味戸ケイコの描く黄昏《たそがれ》のイメージが渾然《こんぜん》一体となって、私が世界に感じている違和感と畏《おそ》れを目の前に見せてくれていたように思えるのだ。

子供の頃に見ていた絵本の中の世界は、今もなお巨大な背景となって私の頭の中と繋《つな》がっているし、その世界をもっと理解したい、味わいたいという願望を満たすために、私は小説を書き続けているのかもしれない。

（晶文社ホームページ　２００７・１）

追記：「詩とメルヘン」はいったん休刊したが、現在「詩とファンタジー」という誌名で継続されている。

今日も相変わらず本を買っていますし、原稿も書いています

恩田陸・編　世界文学全集

硬派！　長編小説ベスト10

1『予告された殺人の記録』G・ガルシア＝マルケス
2『変身』フランツ・カフカ
3『指輪物語』J・R・R・トールキン
4『華氏451度』レイ・ブラッドベリ
5『コレクター』ジョン・ファウルズ
6『アレクサンドリア四重奏』ロレンス・ダレル
7『薔薇の名前』ウンベルト・エーコ
8『風と共に去りぬ』マーガレット・ミッチェル

9『悲しみよこんにちは』フランソワーズ・サガン
10『悪童日記』アゴタ・クリストフ

読んだ内容と読んだ時の感情が今もきちんと脳内に浮かび上がるものという点で、古典的な世界文学全集系はほぼ全滅。残ったのはやはりエンタメ。一応順位はつけてあるがあまり関係ない。『ドン・キホーテ』『ユリシーズ』『失われた時を求めて』『ロリータ』『うたかたの日々』は他の人に任せる。本当は入れるべき作品をいっぱい忘れているような気もするが、『若草物語』『レベッカ』『闇の左手』『ブリキの太鼓』『蟻』辺りが一直線で次点。ポーやヴェルヌやレムやドイルも入れたかったし、戯曲可だったら『欲望という名の電車』『ゴドーを待ちながら』にも未練がある。

追記：「考える人」海外の長編小説ベスト100特集でのアンケートに答えたもの。私以外誰も『指輪物語』を挙げていなかったのが納得いかない。

いつまでも甘えべたな少女の物語ベスト10

1『秘密の花園』バーネット著（西村書店）

貧相で、癇癪《かんしやく》持ちで、わがままな少女が主人公という衝撃、そしてそれは自分とよく似ているという衝撃。世界には必ず秘密がある。

2『ある微笑』フランソワーズ・サガン著（新潮文庫）

もちろん『悲しみよこんにちは』も素晴らしいが、凄《すさ》まじい第二作目への注目とプレッシャーに打ち勝って書かれたこれがサガンではいちばん好き。

3『エンジェル・アト・マイ・テーブル』ジャネット・フレイム著（筑摩書房）

大人にも、世界にも自分の思っていることがうまく伝わらない。世界とうまく折り合いがつけられない。みんなそんな時期がある。

4『嵐が丘』エミリー・ブロンテ著（新潮文庫）

運命の恋。それはすべてを傷つけ、すべてを台なしにすることもある。憧れと現実を秤《はかり》にかける辛さ。

5『レベッカ』ダフネ・デュ・モーリア著（新潮文庫）

玉の輿《こし》願望の落し穴。玉の輿というのは、実は事業経営手腕やホステスの才能を必要とする。才能のない女の悲劇。

6『風と共に去りぬ』マーガレット・ミッチェル著（新潮文庫）

スカーレットよ、君には男は必要ない。ゴージャスな女は、退屈を何よりも嫌う。つまり、普通の幸せとは無縁である。

7『欲望という名の電車』テネシー・ウィリアムズ著（新潮文庫）
零落《れいらく》。それは何よりも自尊心を傷つけ、じわじわと人格を痛めつけてゆく。プライドと人生を調和させることはむずかしい。

8『細雪』谷崎潤一郎（新潮文庫）
四人姉妹。それだけでいくらでも物語は生まれてくる。何も起きない日常でも、女たちの生活はサスペンスに溢《あふ》れているのだ。

9『桜の園』チェーホフ著（岩波文庫）
人生には、思い出と、取り返しのつかぬものばかりが増えてゆく。これはそういうものへの愛惜についてのコメディである。

10『アフリカの日々』アイザック・ディネーセン著（晶文社）
人にとっての幸福はいろいろ。思い描いた生活を送ることの喜び。自分で選び取った生き方を生きる喜びは何物にも替えがたい。

いつまでも夏が終わらない少年の記憶ベスト10

1『たんぽぽのお酒』レイ・ブラッドベリ著（晶文社）
初めて死について考え始めた少年。自分もいつかは死ぬのだと知ったその日をこの小説で追体験する。

2『蝿の王』ウィリアム・ゴールディング著（新潮文庫）

世界は残酷で、悪意と挫折に満ちている。少年の前には常に挫折の機会がそここに何食わぬ顔で転がっている。

3『悪童日記』アゴタ・クリストフ著（ハヤカワepi文庫）

それでも彼らは生き延びなければならない。悪意に満ちた世界の裏をかき、生きながらえるには、じっくり考えなければならないし、冷静でなければならない。

4『ブリキの太鼓』G・グラス著（集英社文庫）

自ら成長を拒み、精神を守る砦《とりで》や避難所を造り出す必要もある。防御と攻撃のバランスを取るのはいつの時代も面倒なものだ。

5『予告された殺人の記録』G・ガルシア＝マルケス著（新潮文庫）

世界は矛盾に満ち、社会の掟《おきて》は時として不条理である。しかし、その不条理さが守られなければならないこともある。

6『幻の女』ウィリアム・アイリッシュ著（ハヤカワ・ミステリ文庫）

「夜は若く、彼も若かったが、夜の空気は甘いのに、彼の気分は苦かった」。このあまりにも有名な書き出し。成長した少年の前に立ちふさがるのは女という謎だ。

7『うたかたの日々』ボリス・ヴィアン著（ハヤカワepi文庫）

世の中の難病モノでは常に女が死ぬ。なぜならば、男は愛する者を常に同じくらい深く憎んでいるからである。

8『リプレイ』ケン・グリムウッド著（新潮文庫）

人生はやり直せない。人生は一度きりだから喜んだり悲しんだりできる。そのことを、この小説はSF的な手法を使って鮮やかに見せてくれる。

9『冷血』トルーマン・カポーティ著（新潮文庫）

人生を根こそぎ変えてしまう犯罪とは？　それらを犯す犯罪者とは？　彼らに魅せられていく小説家は、彼らが我々の鏡であり、隣人であることに気づく。

10『山の音』川端康成著（新潮文庫）

確かに、「山の音」としか呼べないような音がこの世にはある。それは、死がすぐ近くにあり、未知だけれど親しい存在であると告げてくるのだ。

追記：雑誌「マリ・クレール」日本版の「私の文学全集」という企画で書いたもの。
「マリ・クレール」はこの号をもって休刊になった。

Ⅱ 少女漫画と成長してきた

反復する未来の記憶のはざまで

萩尾望都『バルバラ異界』

近年、多元宇宙の存在が真剣に議論されているが、もうひとつ、私が個人的に物理学で注目している説がある。実は時間も空間も連続していない、という説だ。どちらもきちんと順番につながっているわけではなく、実態はバラバラなのだと。その説を知った時は、そうだろそうだろ、やっぱりね、と一人で頷《うなず》いていたものだ。

私は子供の頃から、この世界が一枚の絨毯《じゅうたん》のように地続きであるとは思えなかった。どう考えても、あちこちに歪《ゆが》みや段差があるし、異質な矛盾したものをつぎはぎしてなんとか全体になっている、というのが私の世界に対するイメージだった。材質がバラバラの欠片《かけら》を寄せ集め、かろうじて一枚の絵を描いているモザイク。ところどころ欠けていたり、凹《へこ》んで外れそうになっていたり、風でブラブラ揺れている。それは、時間についても同じである。実感として、子供の頃の私と今の私がスムーズに連続しているとはとても信じられない。あちこち断線していたり、ちょっとずつ異なる時間がのりしろのように重なっていたり、たまに逆行したり、小さなループを描いたり、場合によっては違う私が二重に存在していたりした、というのが率直かつ自然な認識なのである。

私がSFを読み始めたのは、この認識を確かめるためだったような気がする。SFはキラキラしていて、世界のなりたちとその秘密（らしきもの）を教えてくれそうに思えた。

その手掛かりのひとつが萩尾望都の作品だった。初めて『精霊狩り』の一編「ドアのなかのわたしのむすこ」を読んだ時、小さな鍵と鍵穴が合ってカチリと音を立てたような気がしたのだ。

影響。そのひとことで物事を片付けるのはたやすい。今回、『バルバラ異界』を何度も読み返していて、影響という言葉のあまりに単純な響きに懐疑的にならざるを得なかった。

影響。それはただ対象に染みいっていく一方通行なものではなく、フィルターのように相互に行き来するインタラクティヴなものなのではないか。時と場所を超えて、過去と未来は互いに干渉しあっているのではないか。

私が萩尾望都の作品を通してSFを受け入れ、センス・オブ・ワンダーを感じ、十月のイリノイを旅し、火星の記憶を持ち、不老不死の一族を知っている時、私もまた、イリノイの秋や、火星の太古の海や、あっというまに成長していく少女（あるいは全く成

『バルバラ異界』
萩尾望都 著
2003年
小学館フラワーコミックス

長しない少女）に、何らかの反作用を与えているのではなかろうか。

突飛な想像だとは思わない。そのような現象を、私たちは日々体験している。改訂された教科書で変わる過去の記録。リバイバルやリメイクされる物語。新訳で生まれ変わる古典。デジタルリマスター化された映像や音楽。それらは私たちの印象と記憶を塗り替え、過去そのものまでも変化させてしまう。未来は過去に干渉し、過去は刻一刻と別のものに上書きされる。いっぽう、過去は何度でも未来に現れるのだ。

『バルバラ異界』を読み返す度に、奇妙に懐かしく、もどかしく、不安な心地になるのは、きっとそういうことなのだろう。今読んでいる『バルバラ異界』が私に染みわたり、私の記憶を上書きする。もう一度、もう一度、と読み返す度、バルバラが私の過去に干渉し、今私の棲む世界に干渉しているように感じるのだ。

萩尾望都のSFはいつもそうだった。『スター・レッド』もそうだし、『銀の三角』もその変型だった。a→b→cとなるはずだった世界（そして、cは大概恐ろしいカタストロフィである）のcという結末を避けるため、bがcに介入しようとした結果、a'→b'→c、dを通り越してeになってしまう、という話である。

共通するのは、eを望んだ限りはaも無傷ではいられず、aを愛惜しつつも、最初からa'であったことを受け入れて生きていく、というものだ。

喪失の予感。つまり、それが世界の本質であり、私たちの人生の真実なのだ。

萩尾望都のSFは繰り返しそのことを伝える。私たちはありとあらゆるものを失う。若さや命だけでなく、愛する者の記憶や故郷まで。喪失は残酷であるが、救済でもある。終わりであるが、始まりでもある。

それが萩尾望都が繰り返しこの物語を描くのと、私たちが繰り返しこの物語を読む理由なのだ。

（「文藝別冊　総特集・萩尾望都」２０１０・５）

恐るべき少女たち

かつて私がデビュー作の『六番目の小夜子』を書いた時、応募原稿の冒頭にエピグラフがあった。本になる時は削《けず》ってしまったけれど、実は吉田秋生《あきみ》の漫画『吉祥天女《きっしょうてんにょ》』のヒロイン、叶小夜子《かのうさよこ》の台詞だった。

学校っておもしろいところねえ…いろいろな意味で…（中略）
わたし、あそこがとても気に入ったわ。

現在、深夜ドラマで『吉祥天女』を放映しているが、叶小夜子がただの色っぽい高校生になってしまっていて、違和感を覚えざるを得ない。売春を「援助交際」と言い換えたものすごい言葉が登場した頃から、少女たちは自分たちを商品として認識してしまったため、どうにも最近の「女子高生」のTVドラマは、「こんなイメージっしょ」という安っぽい媚《こ》びと、（実際のティーンエイジャーが演じているのにもかかわらず）どことなく嘘臭さが漂うのである。もはや「フケッ！」と叫び「恥ずかしくて死んじゃう」と赤面する少女は、秋葉原やゲームの中以外では死滅してしまったのであろうか。

昔から、「恐るべき子供たち」とでもいうべきジャンルがあって、汚れなき子供に悪魔が宿る、みたいな話は多かった。『オーメン』しかり、『ブラジルから来た少年』しかり。『禁じられた遊び』も、ある意味この系統の変種かもしれない。

今は絶滅しかかっているジャンルでもある。だって、現実の子供のほうがよっぽど怖いし、怖いのが当然になってしまっているのだから。「恐るべき子供たち」はとっくに多数派になってしまっているのだった。

それはさておき、このジャンルには傑作が多い。特に女の子が主人公のものは、頭のいい美少女でなければサマにならないこともあって、いろいろと印象に残る作品が多い。

子供の頃、まずインパクトを受けたのはわたなべまさこの漫画『聖ロザリンド』である。わたなべまさこというのはそれこそフランス映画のような洒脱《しゃだつ》な絵でヨーロッパの上流階級をリアルに描いた人なのだが、怖い話を実に怖く描く人で、西谷祥子と並んで「外国の」匂いを感じた漫画家であった。

『聖ロザリンド』は、お金持ちの何不自由ないあどけない八歳の美少女が稀代の殺人鬼であったという話で、本人は罪の意識もないままどんどん周囲の人を殺していく。その理由は、「死んだら指輪をあげる」という約束のためであったり、「嘘をついた」、「ママを泣かせた」などの他愛のない理由なのだ。彼女はとても頭のいい子で、殺人の方法も実に独創的であるため、誰も彼女を疑わない。唯一、執事はそのことに気付き、親に知らせるべきか苦悶《くもん》する。やがて母親も事実を知ってしまい、ロザリンドを殺して自殺しようとするが失敗し、執事も結局手に掛けることができず、自分の手記を父親に託す。全てを知った父親は、娘を生涯出ることのできない修道院に送り込む。ラストシーンは、雨の中、ロザリンドの乗った車を父親が苦悩のうちに見送るところで終わっている。

罪ある子を許したまえ。

しかし、この話は好評（！）であったらしく、続編がある。

母親が旅行中だと信じているロザリンドは、母親会いたさに夢遊病になってしまうが、修道院を脱出する。その際、集団風邪に苦しむシスターたちに「強い薬」とだけ聞かされていた青酸カリを「よく効くだろう」という「善意」から井戸に盛り、死にかけたシスターが「主よ、おそばに」と呟《つぶや》いたことから彼女たちの願いをかなえようと手間を掛けて全員を十字架に磔《はりつけ》にするという凄《すさ》まじさで、続編は母を求めて自宅に帰ろうとするロザリンドの母恋いの道行き（で、行く先々で世話になった人々をこれまた「善意」で殺していくのであった）と、彼女を追う父親と警察という追跡モノになるのであった。ロザリンドの無邪気さと犯行の残虐《ざんぎゃく》さのコントラストがますますパワーアップして、なんとも恐ろしいが、ラストは泣ける。

ああ、神よ、罪ある幼子を許したまえ。

戦闘美少女は日本のお家芸であるが、その系譜はどこからだろうか（あ、ヨーロッパにはジャンヌ・ダルクがいたか）。元々、復讐《ふくしゅう》美少女モノというジャンルがあって、山本周五郎の『五瓣の椿』をはじめ劇画や映画にその源流があったような気がする。『女囚さそり』しかり、『修羅雪姫』しかり。『あずみ』もこの系列か。

その辺りが未知の分野であった小学生から中学生にかけて、怖い美少女といえば少年ドラマシリーズの『ねらわれた学園』、名前も豪華な高見沢みちるであった。同じく、『愛と誠』の裏番、高原由紀（確か、最初に愛が会った時、木の下でツルゲーネフの『初恋』かなんか読んでたんだよな。ツルゲーネフ、ですよ。昔の裏番は凄いですねえ）。『スケバン刑事』の麻宮サキが登場するのは同じく和田慎二の『超少女明日香』を経たもう少し後だし、筒井康隆の七瀬シリーズもこの頃だった気が。

そして、当時私が強いインパクトを得たのは、レアード・コーニグの小説『白い家の少女』だった。

実は、すごーく気に入っていた。

たぶんこれはジョディ・フォスターが主演する映画の原作ということで翻訳本が出されたのだろう。帯が映画のスチール写真だった記憶がある。私はろくに映画も観ていないのになぜかジョディ・フォスターのファンで、『ダウンタウン物語』のサントラ盤を映画よりも先に入手して「マイ・ネーム・イズ・タルーラ」と彼女が歌うところは映画を観る前から知っていたのだった。

レアード・コーニグという人は、この小説の前にも合作で『子供たちの時間』という、誤って人を殺してしまった子供たちがその死体を隠蔽《いんぺい》するために奔走するサスペンス（乙一『夏と花火と私の死体』ですな）を書いているが、その後小説のほうで名前は聞かない。

原作は、両親を亡くした美少女が一人で郊外の家に住んでおり、それを怪しんで大人たちが次々とやってくる、という話で、彼女が親を毒殺したということが示唆されているのだが、正直いって途中はあんまり面白くなかった。

しかし、ラストが秀逸で、恐らく映画制作者もこの場面を撮りたかったがためにこの原作を選んだのではないかと思われる。

最後の場面。

彼女の犯罪を確信しつつも、それを黙っている報酬に彼女を自分のものにしようと目論《もくろ》んでいる男に少女はお茶を出す。

もちろん、男は彼女が親を毒殺したのではないかと疑っている。

少女のカップを持つ手がカチャカチャと震えている。

男は、いったん前に置かれたカップに手をつけるふりをしてから、おもむろに少女のものと交換して飲もうと提案する。

少女は蒼《あお》ざめ、絶句するが、それを受け入れる。

しかし、少女のほうが一枚上手だった。震えていたのは演技であり、彼女は疑われているのを承知で最初から自分のカップのほうに毒を入れておいたのである。

男は一口お茶を飲み、「このお茶、アーモンドの香りがするね」と呟く。

少女は、「それ、アーモンド・クッキーのせいだと思うわ」と答え、自分のお茶を一口飲む。

そこで話は終わるのである。

ところが、実は私は、これほどまでに気に入っていた『白い家の少女』の映画を、こんにちに至るまで結局一度も観ていないのだった。公開された小学生当時、映画館はまだ盛り場にある大人の娯楽、のイメージがあり、観たいと言ったけれども連れていってもらえなかったのだ（確かに、小学校五年かそこらで観たがる映画が「親を毒殺する美少女の話」では親も許可を渋るであろう）。ジョディ・フォスター自身、この映画をあんまり評価しておらず、この役を気に入っていない、という話を聞いたせいかもしれない。

幻の『白い家の少女』。この先、観ることがあるかどうか分からないが、あのラスト・シーンが上手に撮られていることを祈るばかりである。

さて、偶然かどうか、中学生になり、友達どうしで初めて観に行った映画はブライアン・デ・パルマが撮ったスティーヴン・キングの『キャリー』であった（思えば、『キャリー』の表紙と、『白い家の少女』の表紙を描いた画家は同じ人だった——腺病質《せんびょうしつ》な、凄《すご》い怖い絵である）。この頃から超能力美少女は珍しくなくなってきたと記憶している。

そして、同い年の薬師丸ひろ子が『野性の証明』でデビューした。書店に飾ってあった予告ポスターに見惚《みと》れたのを今でも覚えている。

こんなことを言われるのはきっと私が『六番目の小夜子』がいちばんいい、と言われるのと同じで嫌だろうけれども、やっぱり『野性の証明』の薬師丸ひろ子は他の作品にはない異様な雰囲気があり、私にとっては『野性の証明』の薬師丸ひろ子が全てでありベストである。その後もあの面影を求めて彼女の主演作品を観たけれども、残念ながら、結局二度とあんなふうに魅了されることはなかった。

あれほどヒットした『セーラー服と機関銃』にしても、なんだか奇妙に重苦しい映画で、確かに主人公は星泉であり薬師丸ひろ子なのだが、視点が彼女にはないばかりか彼女の心情が全く伝わってこず、むしろあれは親父の目から見た親父の映画だったとしか思えないのである。

かように、少女たちの奇跡の時間は短い。実際、肉体的にもはっきりと少女の終わりを自覚させられるし、変貌する自分の身体についていけない。

私の自説だが、女性作家に吸血鬼ものや超能力者ものの傑作が多いのは、自分がある時期怪物になっていくような恐怖を味わうからだと思う。やおいものが生まれるのも、変貌しない性に憧憬を抱くからだ。

だからこそ、人はそこに謎を見、神性を見、畏《おそ》れを抱き、強く惹《ひ》かれる。

それを具体的に形にしたものが、『吉祥天女』である。

主人公叶小夜子は、おのれの血を呪い、境遇を呪い、かつて女ゆえに味わった屈辱を呪っている。彼女の周りには死が溢《あふ》れ、彼女は自分の手を汚すことも厭《いと》わず、男たちを身体で操ることも躊躇《ちゅうちょ》しない。しかし、それでもなお彼女には清々しさと神々しさが漂うのだ。これこそが、私が観る時も書く時も少女たちに求めるものであり、私のイメージする「恐るべき少女たち」である。

こんにち、映画にもドラマにも「コワイ少女」は溢れているが、そこには神々しさがない。少女でいることの屈辱も痛みもなく、この時期をいかに高く売るかということを本人も周囲も共犯者的に考えている。消費されることを前提に、売り抜けることばかりを念頭に置いているのだ。

かつての少女たちが最も恐れていたのは、自分の短く最も美しい季節を消費され、摘み取られることだったと思うが、いっぽうで彼女たちは摘み取られた痛みを経て新たに再生する。そこに神々しさがあったのだ。

大林宣彦の映画『ＨＯＵＳＥ』で、少女たちがピアノや池に次々と食べられてしまうのは、そういった痛々しさの象徴なのだろう――その残虐さ、猥雑《わいざつ》さを超えて最後に生き残った池上季実子の見せる、清々しく神々しい美しさといったら。

ううむ、『吉祥天女』の主役は、『ＨＯＵＳＥ』撮影当時の池上季実子にやってもらいたかったなあ、と深夜漫画を読み返しつつ一人で呟くのであった。

（晶文社ホームページ　２００６・６）

いかにして「引き」は形成されたか

小説家には、仕事のやり方においていろいろなタイプの人がいる。

私には絶対できないのが、「毎日一定量を必ず書く」というのと、「連載小説をまとめて渡す」というタイプの仕事である。

特に、いつも見切り発車で連載を始めている私にとって、「連載小説をまとめて渡し、分載してもらう」というのは考えられない（いや、本当は、一度でいいから、そういうことをやってみたいのである。「はい、一年分」と涼しい顔でどーんと渡せたら、どんなに気持ちいいだろうなあ。昔はある程度書き溜《た》めてから連載をスタートしていたのだが、現在は、単に仕事が遅い上、スケジュールが常に押しているので、連載開始時までに書き溜めるのが間に合ったためしがないのだ）。

直接聞いたわけではないので分からないけれど、そういうタイプの人は連載十二回なら十二回分区切って渡すわけではないらしく、あくまで「書き下ろし一冊分」を渡して編集者に分載してもらうらしい。

これが私にはできない。書き下ろしは書き下ろし、連載は連載、だ。「連載」というからには「連載」なりの見せ方があると思う。やはり、ライブ感、疾走感がそれなりに必要だと思うのだ。

同じ話を連続ドラマ化するのと、映画化するのでは、観客に対する戦略が全然違う。当然ながら、情報量と、その情報の配し方が異なってくる。五十分ドラマを四回だったら、毎回それぞれに起承転結があって、導入のつかみ、後半の見せ場、更に次回への期待を持たせるラストを持ってこなければならない。

特に私にとって、「次回への期待＝引き」はほとんど身体の奥に染み付いていて、例えば一回三十枚の連載ならば、二十七枚目くらいになると、無意識のうちに「嘘だろ、この先いったいどうなるわけ？」という展開になってしまう。白状すると、時には、「おい、こんな展開にして、次回どうやって解決するつもりだ、おまえ？」と自分に突っ込みを入れてしまうほど、解決する見込みもない癖に「引き」だけは確保してしまうのだった。もちろん、何も考えずに反射のみでやっているので、「次回」以降、辻褄《つじつま》が合わせられなくなり地獄を見る。

ただ、「引き」を作るにはある程度の長さが要る。

昨今、活字媒体は文字が大きくなっているので、容量は以前より減っている。週刊誌連載の場合で、通常、一回約十五枚である。それでも、十五枚あればなんとか毎回それなりに見栄《みば》えのする「引き」が作れるが、困ったのは新聞連載だった。一回、二・五枚しかないのである。さすがにこの長さで毎回「引き」を作るのはあきらめざるを得なかった。だが、それでもなんとか期待を持たせられないかと、既に遅れまくっているくせに往生際悪く毎回しつこく粘ったことを覚えている。それほど、私の「『引き』を作らなければ」という強迫観念は強い。

こうなった理由は、分かっている。

子供の頃に浴びるほど読んでいた漫画雑誌のせいだ。

今は単行本になってから読む人が多くなったというが、かつて漫画というのは「連載」で読むものであった。連載漫画の「次号へつづく!」がどんなに恨めしく、どんなに憎かったことか!!

なにしろ、いっときは「なかよし」「りぼん」「花とゆめ」「別冊マーガレット」「週刊少女フレンド」「週刊少年チャンピオン」「週刊少年マガジン」「週刊少年サンデー」を並行して読んでいた私である。「次号へつづく!」への恨みと焦燥も、人一倍刷り込まれているのである。

『恐怖新聞』『魔太郎がくる!!』『ブラック・ジャック』あたりは一応毎回読みきり形式になっていたからよかったものの、『ドカベン』とか『イヤハヤ南友』とか『おれは直角』とか、「どうして毎回こんないいところで終わるわけっ？　キーッ！」と文字通り地団駄《じだんだ》を踏んでいた。

今でも最大（最悪）の引きの強さで覚えているのは、忘れもしない『愛と誠』である。思い出しても身もだえする魔性の引き、『愛と誠』。

知らない方のために言っておくと、要は超お嬢様と超不良の純愛物語である。子供の頃、スキー場で暴走した早乙女愛を身体で止めてくれ、愛のスキーの先端で額に三日月形の傷を負ったのが運命の人、誠なんなんである（あれ？　誠の苗字、なんだっけ。あ、太賀か）。ついでに言うと、女優・早乙女愛は、『愛と誠』で映画デビューした時にそのまま役の名前を芸名にしてしまったんである。

なにしろ、引きは凄《すご》いんだけど、いっこうに話が進まない。単行本は全部で何冊になったのか忘れたが、一冊読んでもほとんど話が進まないのである。なのに、凄い引き。恐るべし、『愛と誠』はほとんど「引き」だけの話だったのだ。

高橋留美子が『うる星やつら』で登場した時も衝撃的だった。パワフルでエネルギッシュで何よりスピーディー、次々登場するキャラクターは綺羅《きら》星のごとく魅力的、しかもアイデア満載で密度が濃く、凄《すさ》まじいインパクトがあった。あんな凄い話を毎週描いてたなんて、本当に信じられない。

意外に（というのは失礼かもしれないが）凄かったのは里中満智子だ。少女漫画のストーリーで「引き」を作るのは結構難しいと思うのだが（昔、いっとき流行した「バレエ」プラス「出生の秘密」みたいなのは別として）、『アリエスの乙女たち』の「引き」は凄かった。漫画界屈指のストーリーテラーだと思う。『アップルマーチ』とか『恋人はあなただけ』（これの展開もさりげに凄かったぞ）も好きでした。

そして、「引き」の真打ち、美内すずえ。『ガラスの仮面』は、最初は月刊だった「花とゆめ」の月二回刊化の記念連載だった。はっきりいって、全ページ暗記している。「逃げた小鳥…」「おらぁトキだぁ」「毒…ここにいるのは審査員という名の観客」毎回毎回、どれも皆「引き」の嵐で、思い出しても眩暈《めまい》がするほどだ。

ううう、美内先生、私はあなたの『ガラスの仮面』を読んでこんなに立派な「引き」命の女になりましたあ。

子供というのは、一日一日が長いもの。月刊誌の発売日なんて、絶望的に待ちきれなかった。今でも覚えているけれど、小学生時代、富山の駅前の小さな本屋さんが発売日でなく配本日にこっそり内緒で雑誌を売ってくれる、というのをやはり私と同じ少女漫画オタクの同級生から聞いて、母親と一緒に行って無理やり「りぼん」と「なかよし」を発売日前に売ってもらったことを覚えている。しかし、楽しみにしていたので凄い勢いで読み終えてしまい、それからの一ヶ月が永遠に思えて、「オーマイガッ！」と毎回天を仰いでいたのだった。

ようやく理性的に次の発売日が待てるようになったのは、高校生くらいになった辺りである。「いい加減に漫画は卒業しなさい」と小学校六年くらいから母親に囁《ささや》かれ続けてきたのだが、なにしろ「花とゆめ」の次に「LaLa《ララ》」とか「ぶ〜け」とか出来て、少女漫画の進化が一段と凄みを増していた時期だったので、無理でしたねえ……

そう、「連載」が日本の漫画を鍛えていたことは間違いない。いかに読者を飽きさせないか。いかに読者を繋《つな》ぎ止めるか。いかに驚きのストーリーを展開させるか。それを週一、せいぜい月一というほぼリアルタイムで持続させるのだから、まさに漫画家と読者の死闘である。それは現在も続いている……うーん、偉いなあ、ほんとに。

中でも、「連載」でなければ絶対にありえなかっただろうなと思う作品のひとつが、一条ゆかりの大長編、『砂の城』である。

作者は「とにかくメロドラマが描きたかった」と語っているが、とにかく最初の三回の展開が凄まじい。

大河ドラマの導入部に当たるのが最初の三回で、三回目の最終ページで物語の骨組みが明かされるまで、この骨組みを想像できた読者はまずいなかったのではないかと思われる。いや、それどころか、第一回を読んで第二回の展開、第二回を読んで第三回の展開を予想することすら難しかったと思う。

もしこれが読みきりだったら、導入部がここまでドラマチックな展開にはならなかったはずだ。また、この話が小説や映画だったら、このようなストレートな進行にはせず、絶対にカットバックで語り手が回想する形になっていたに違いない。連載漫画という形式だったからこそ、こういう展開になったのだ（気になる人は、是非原典を当たるように。私としては、この導入部を読む楽しみと驚きを奪うことは遠慮したい……といっても、実は以前よその原稿でばらしたことが……すみません、反省しています）。

そして、もうひとつ。

私の脳内史上最も凄かった「引き」は、山岸凉子の代表作『アラベスク』第一部を「りぼん」に連載していた時の、「見えない天才」である回のラストシーンである。

『アラベスク』は、ソビエト連邦の田舎のバレエ学校の劣等生だったノンナ・ペトロワを主人公とする物語である。ソビエト連邦の田舎のバレエ学校の劣等生だったノンナは、レニングラードバレエ団のスターダンサー、ユーリ・ミロノフに見出され転入するが、本人の気の弱さが災いして、主役争いに敗れてしまう。

彼女は居場所がなくなって逃げ出してしまい、それでも地方の小さなバレエ劇場に清掃員として潜り込む。偽名を使っているが、彼女を受け入れた老プリマは彼女の正体を見破っており、自分が怪我をした時の代役に彼女を指名する。

しかし、バレエ団員たちから老プリマは反感を買っており、ノンナの相手役となったダンサーは舞台の上で彼女を転ばせようとするのである。

たまたま客席では、ノンナの郷里でバレエ教師をしている母親らと知り合いだった、やはりプロのバレエダンサーであるタチアナが観ている。彼女は地方公演のついでに寄ったのだが、踊っているノンナを観て、その踊りに見覚えがあることに気付き、相手役のダンサーがノンナに悪意を持っていることを見抜いて憤る。

ノンナの中にふつふつと込み上げる、これまでに感じたことのない激しい怒り。恐らくは事実上の引退になるであろう老プリマの最後を踏みにじろうとする者に対する怒りと、観客を無視して自分たちの不満を晴らそうとする者たちへの怒りである。

そして、彼女は相手役のサポートを拒絶し、たったひとりで毅然《きぜん》と難しい決めのトウのポーズに挑むのだ。

最後のシーンは、呆然とする相手役を残してノンナが一人でポーズを取っており、驚愕《きょうがく》したタチアナが「あんなことができるのは確か……」と叫ぶシーン。

いやあ、今思い出しても興奮しますねえ。

ついでに言えば、このページの下に「りぼん×月号につづく」という文字を見た時のショックと恨めしさも。

「なんでまた、よりによってこんなところで『つづく』なわけ？　殺生なっ！　あんまりだっ！　キーッ！」

ああ、歳月を超えて、やはり叫んでしまうのである。

けれど、こうやって地団駄踏んで、お話の続きに恋い焦がれることくらい、楽しいことはないことも、今なら知っているけどね。

なにしろ、「引き」は「連載」の何よりの醍醐味なのだから。

（晶文社ホームページ　2006・10）

内田善美を探して

1

少女漫画とは、文字通り、少女時代をずっと一緒に過ごしてきた。

あちこちで書いているが、私が少女漫画というジャンルを最初に認識した漫画は、一条ゆかりの『クリスチーナの青い空』と萩尾望都の『ドアの中のわたしのむすこ』である。

それまでにも西谷祥子や忠津陽子の漫画は読んでいた。西谷祥子は一九六〇年代のお洒落で豊かなアメリカを描いていたし、忠津陽子はおきゃんで溌剌《はつらつ》とした女の子を描かせると右に出る者はいなかった。谷ゆき子の出生の秘密&バレエの漫画や鈴原研一郎の青春漫画なんかも読んでいた。

だが、私の中でははっきりと、この二つの作品を境界線として「それ以前」「それ以後」に分かれているのである。なぜこの二作なのかはまた別の機会に譲るとして、今回の趣旨は、現在の私の「面白いストーリーとは何か」という基準に影響を与えてきたと思われる、小学校時代の「思い出の少女漫画」を挙げてみることである（↑って、なんだか重々しいけど、そんなにたいしたもんじゃありません）。

◆里中満智子『恋人はあなただけ』

ストーリーテラーという点で、図抜けていたのは里中満智子である。初めて読んだ頃から、既に大家だった。性格が正反対の双子を描いたコメディタッチの『アップルマーチ』、台詞《せりふ》にとことんこだわったという恋愛群像もの『アリエスの乙女たち』、スターを目指す少女のシビアな現実を描いた『スポットライト』など幅広い漫画を描いていた。

しかし、今振り返っていちばん印象に残っているのが、たぶん里中満智子の作品歴ではあまり有名でない『恋人はあなただけ』なのである。三人の男性に求愛される女の子が、そのうち誰を選ぶのかという、設定だけみると至極少女漫画的なストーリーなのだが、これがなかなかどうして、一筋縄ではいかない先の読めない話だった。連載第一回で、ヒロインは三人の求愛を受けて迷うものの、いちばん大人っぽくて優しい男性と婚約する。ところが、第一回のラストで、いきなり婚約した男性が戦死したという知らせを受けるところで「つづく」となるのである。このあと、少ない登場人物で意表を突いた展開が続くのだが、結局、三人のうち彼女にいちばん厳しく、甘やかされたお嬢さんだった彼女の成長を見守ってくれていた男性の愛情に気付き、「私の恋人はあなただけ」と最後に悟るところで終わる、渋い話だった。

◆和田慎二『銀色の髪の亜里沙』

和田慎二のミステリー・サスペンス色の強い漫画にも夢中になった。『愛と死の砂時計』や『朱雀の紋章』など、そのままそっくり二時間ドラマや映画になりそうなよくできた話が多く、キャラクター設定も完璧で、エンターテインメントとしての完成度が高かった。

代表作『スケバン刑事』や、作者がライフワークとして描いていたファンタジー『ピグマリオ』よりも、私は『銀色の髪の亜里沙』や『超少女明日香』のほうが好きだし、完成度が高いと思う。『銀色の髪の亜里沙』は復讐《ふくしゅう》もので、復讐ものは雌伏《しふく》期間が大事ということを教わった。両親を奪われ地底湖に閉じ込められたヒロインが、そこに先に流れ着き生き延びていた考古学博士夫妻に知識を学び、地底の狩りで身体能力を鍛え、地上に脱出した時に、地下で身に付けたものを活かして復讐していくというところに感心した。『超少女明日香』も復讐ものなのであるが、本当は美少女で人智を超えた能力を持つヒロインが、普段はダサくて地味なお手伝いさんというギャップが、古くは「スパイダーマン」、あるいは日本で幅広い支持を得ている「水戸黄門」や「必殺仕事人」に通じる、万人の心をくすぐる要因だということを学んだのであった。

◆みなもと太郎『ふたりは恋人』

少女漫画誌で少女漫画を描いている男性作家は、ある意味女性作家よりピュアに女性を崇拝しているところがある。先の和田慎二をはじめ、弓月《ゆづき》光や赤座ひではるなど、彼らの漫画には子供心にも女性に対する尊敬を感じていたような気がする。

みなもと太郎は今では『風雲児たち』など歴史エンタメの漫画家として認知されているが、私が最初に知ったのは「週刊少女フレンド」に連載されていた『ふたりは恋人』だった。毎回四〜六ページしかない、コマが一ページにせいぜい二つか三つの、絵本のような漫画である。線がとても綺麗で詩情があって、大好きだったので毎週切り取って繰り返し眺めていた。告白するが、私がこれまでにファンレターを書いたのは後にも先にもみなもと太郎一人だけである。

この漫画、レイモン・ペイネの「愛の世界旅行」が念頭にあったというのを聞いて、なるほどと思った記憶がある。『ふたりは恋人』の主人公は、推定年齢六歳（たぶん）のカップル、チョージュユーローちゃんとミミちゃん。台詞に吹き出しがなく、詩のようにコマに配置されていた。A5判変形（たぶん）という絵本のような綺麗な単行本が出た時は嬉しくて嬉しくて、ずっと大事にしていたのだが、哀しいかな、漫画は引っ越しの際、まっ先に処分される。今でも手放したことを最高に後悔している本のひとつである。

◆高階良子《たかしなよしこ》『おしかけ秘書』

初めて高階良子を読んだのは江戸川乱歩の『黒蜥蜴《くろとかげ》』を漫画化したものであった。うまく少女漫画風にアレンジしてあり、同じく『パノラマ島奇談』を翻案して漫画化した『血とばらの悪魔』もよく出来ていた。この人は怖い漫画専門で、マッドサイエンティストものの『地獄でメスがひかる』とかジョン・ファウルズ（というよりも、ウィリアム・ワイラーが撮った映画版のほうの影響だろう）の『コレクター』みたいな話の『昆虫の家』とかおどろおどろしいものがうまかった。当時の少女漫画は感動もの担当、スポーツもの担当、というふうに漫画家が分かれていたのである。

ところがこの『おしかけ秘書』は一八〇度違うアップテンポのコメディ。タイトルそのまんま、一流企業の社長室にあらゆる手を使って潜り込み、秘書になろうと奮闘する女の子の立身出世もの（?）で、豪快さがとても面白かった。怖い漫画を描ける人はコメディも描ける、ということを（逆もまた真なり）刷り込まれた一冊である。

◆忠津陽子『ロザリンドの肖像』

忠津陽子はストーリーテラーであり、きちんとしたロマンチック・コメディが描ける人であった。つまり、この人も怖い話を描けるのだ。雑誌「花とゆめ」で「ゴシックシリーズ」という企画があった時、七、八作くらいあった中でいちばんの傑作がこれだった。

謎めいたお屋敷、そこにやってくる若者たち、忌《い》まわしい美女の肖像画。この中の、とある一ページにぶっとんだ。

ロザリンドという名前、何か因縁があるのだろうか。前にも書いたが、わたなべまさこの『聖ロザリンド』という漫画も、美少女殺人鬼が主人公という前代未《ぜんだいみ》聞《もん》の漫画だった。

◆井出ちかえ（智香恵）『ボダからの脱出』

実はこの漫画、よく覚えていないのである。掲載誌もどこだったのか分からない。ただ、古代文明（たぶんマヤ・アステカ文明）をテーマにした冒険ものの漫画だったということしか。ものすごくアクの強い絵だったということしか。しかし、作者とタイトル名だけがしっかり焼き付いているので、何か凄いインパクトを受けたことだけは覚えているのだ。

目下のところ、再読したい漫画の第一位なのである。

◆山田ミネコ『死神たちの白い夜』

まだ怖い漫画が続く。この漫画の怖さについては他のところでも書いたが、ラストシーンの恐ろしさでは未だに私の中ではダントツの一位である。このラストシーンをこの可愛い絵でやられた日には、トラウマになるというものである。

山田ミネコは「最終戦争《ハルマゲドン》」シリーズが代表作になったが、SFもの以外にクリスティっぽいミステリも書いていて、私は「走れアリス」をはじめとするそちらのシリーズのほうが好きだった。SFものでは、初期のコメディ短編で、宇宙人を信じている青年と信じていない青年が一緒に住んでいて、ある日自称「金星人」という女の子がやってくるという、「ペレランドラに帰りたい」が好きだ。

◆一条ゆかり『わらってクイーンベル』

ここで話題にしたいのは、ロマンチック・コメディというジャンルである。かつてはハリウッドでも少女漫画でも存在したが、現在はほぼ絶滅した。たぶん、日本で最後にロマンチック・コメディを描いたのは高橋留美子なのではあるまいか(少年漫画だけど)。『わらってクイーンベル』は、修道院で暮らしていたドジでなんの取り柄もないヒロイン・クイーンベルが、実は大富豪の娘だったことが分かっていきなり大金持ちの大邸宅に送りこまれるという正統ロマンチック・コメディだ。一条ゆかりは正しいロマ・コメでも一流の人で、『ジェミニ』も『星降る夜にきかせてよ』も、地味でガリガリの女の子がちゃんと憧れの君と結ばれるというハッピー・エンド。かつてはまるやま佳とか山本優子とか華やかなロマ・コメを描く人がいて、このジャンルは栄えていた。

◆大矢ちき「いまあじゅ」

細かくて、プログレッシブ・ロックのジャケットの表紙になりそうな、西洋風としか言いようのない華麗な絵。『おじゃまさんリュリュ』や『雪割草』など、絵を見ているだけでも楽しかった。少女漫画を読まない人には、おおやちき名義で雑誌「ぴあ」の巻末で長期連載していたぎっちり描き込まれた難しいパズルの絵で覚えているかもしれない。「いまあじゅ」は幻想的な短編で、かなり異色な、今読んでも難解とすら言える短編だ。同じ場面が何度も繰り返されるところが印象に残っていて、分からないなりに少女漫画でこんなこともできるのだと思ったことを覚えている。

◆太刀掛《たちかけ》秀子『ミルキーウエイ』

「りぼん」の新人漫画家登竜門でめったに出ない最高賞「りぼん賞」を獲《と》って出てきた

ことで強い印象がある太刀掛秀子。いっとき陸奥《むつ》A子《えーこ》や田渕由美子と一緒に「キャンパス漫画」とくくられていたが、それには収まらない正統派ドラマを描く人だったと思う。『ミルキーウエイ』は、当時では珍しい、血の繋《つな》がらないきょうだいを死なせてしまったという負い目を持つ女の子の贖罪《しょくざい》と癒しの話で、シビアなやるせない展開で印象に残っている。

◆美内すずえ「ポリアンナの騎士」

「お話が面白い」ことでは、やはり美内すずえである。『ガラスの仮面』は言うに及ばず、美内すずえの漫画はどれも面白かった。生きている森を描いた『みどりの炎』、猫に人間が襲われる『金色の闇が見ている』。『ガラスの仮面』は、三國連太郎主演の映画『王将』を下敷きにしているそうだが、少女漫画には珍しいコン・ゲームものの「エリカ赤いつむじ風」も強欲な人形商人にひと泡吹かせるために、いったん買い取った人形を高値で引き取らせるよう画策するなど、いかにも大阪人らしくて面白かった。

ひときわ冴えていたのが怖い漫画である。魔女たちの学校に転入した少女の恐怖を描いた「13月の悲劇」は夢に出るほど怖かった。オカルトものでは『白い影法師』がすさまじく怖く、こっくりさんのシーン、クライマックスの怪異のシーンは怖い漫画の歴史に残ると思う。現代の少女に先祖の魔女が復活する『魔女メディア』、凄《すさ》まじい呪いを描く『黒百合の系図』、どちらも怖くて面白かった。

さて、ここに紹介するのは、異色の作品として記憶に残っている「ポリアンナの騎士」だ。ある種、「奇妙な味」の短編と言えるかもしれない。

ヒロイン・ポリアンナは、子供の頃から危険に遭遇する度に必ずその場にいて助けてくれる男性がいる。彼女は彼を運命の人と思い、次に会えるのを楽しみにするようになるが、実は彼は――という不思議な後味を残す作品で、子供心にも「よくこんな不思議な話を描くなぁ」と思ったことを覚えている。

他にもたくさん思い出の作品はあるし、山岸凉子や萩尾望都の作品はまた別枠なので、とりあえずこれが少女漫画第一期に私の核となった作品だ。こうしてみると、やはり私は、ひねりのきいたプロットに興味を惹《ひ》かれていることが多いようである。

2

「なかよし」、「りぼん」、「週刊少女フレンド」、「別冊マーガレット」、「りぼんデラックス」、「リリカ」、「花とゆめ」、「ＬａＬａ」。いっとき定期的に買っていた少女漫画雑誌である。

なかよしはいがらしゆみこの『キャンディ・キャンディ』を読んでいる途中で対象年齢を超えたと思い、「週刊少女フレンド」は里中満智子『アリエスの乙女たち』が目当てだったし、「別冊マーガレット」はファンだった美内すずえと和田慎二が「花とゆめ」に移行してからは脱落した。リリカはサンリオが最初から海外で売ることを目的に左開きの台詞《せりふ》横書き、オールカラーと美しかったがやはり当時は読みにくく、掲載作品がストーリー性に乏しかったので早々に休刊、「りぼんデラックス」は季刊で一条ゆかりの『デザイナー』などの総集編が目玉でやがてなくなった記憶があるので、高校を卒業して漫画雑誌を買わなくなるまでに生き残ったのは「りぼん」、「花とゆめ」、「ＬａＬａ」の三誌であった。

少女漫画は、私が幼年期の時には、一応学園ものもあったがそれこそ「夢」と「憧れ」を実現するためのもので、ヒロインは欧米のお嬢様。コスチュームプレイ的な歴史ものも多かった。あるいはバレエ漫画やスポーツものなど求道&出生の秘密なんていう大映ドラマ的な話が定番であった。

それが、ある時から外国が舞台のものがほとんど姿を消し、身の回りの日常を描くものが主流になっていったが、それはやはり陸奥Ａ子の登場が大きかったと思う。あのネオテニー的かつ草食的男女の登場は、それ以降の日本の少女のある層の動向すら決めたのではないかと考えてしまうほどである。それほど陸奥Ａ子は、それまで少女漫画という舞台の、八頭身で波瀾《はらん》万丈のオトナの女たちを「客席から」観ていた少女たちから、熱く受け入れられた覚えがあるのだ。むろん、ストーリー至上主義の私は彼女たちが「可愛い」「可愛い」と熱く語るのに大いに戸惑いを覚え、こんな筋があるようなないような話のどこがよいのかと内心思っていたが、やがて似たような漫画が増えるにつれて馴らされていった。

しかし、ここで言っておきたいのは、確かにそれが日常を描いた学園漫画とはいえ、それはリアルな日常ではなく、ファンタジーとしての日常であったということだ。あるいは、ファンシーグッズとしての日常とでも言おうか。少女たちが少女漫画に「ほんとうの」日常のリアルを手に入れるのは更にのちの話になるし、その先駆けとなるくらもちふさこはその青春の痛さといいみっともなさといい、登場した時はごく少数派だったし、「なんでこんな嫌な話描くんだろう」と憎んでいる子も多かったと記憶している。ヒロインに親しみを覚えるのはあくまで「ときめき」や「乙女ちっくな感傷」についてのみで、おのれの醜《みにく》さや痛みを共感する気はなかったのだ。

そんなわけで、私が読んでいた漫画雑誌の誌面は「どこにでもいるような普通の女の子」のヒロインに席捲《せっけん》され、ストーリー漫画は美内すずえと和田慎二というそれこそストーリー漫画の代表みたいな二人が移行した「花とゆめ」に舞台を移したような気がするし、自然とそうならざるを得なかったのだろう（ここでは私が購読していた漫画雑誌に限っての印象だ。他誌では、もう少し大人っぽい漫画もあった。特に、リアルタイムで読んでいなかった「プチフラワー」など小学館系の少女漫画のことは、実感としてよく分からない)。

ところが、そんな「りぼん」本誌で一見日常的「キャンパス漫画」の顔をして登場したのが清原なつのという人であった。

『花岡ちゃんの夏休み』で登場した時、これを「私の漫画だ」と思った人は多かろう。それは、ある意味画期的な漫画だった。いつも煙草を吸っていて読書が大好きでお洒落や色恋沙汰に興味なし、という地方の国立大学の文科系学生であろう花岡ちゃんに共感した男女はとても多かった。というか、それまで「ガリ勉優等生タイプ」という一言で片付けられていた女子インテリ層を主人公にした漫画がついに登場したのである。ハゲで悪魔的に頭のいい先輩、美女で才女で男好き、という周囲のキャラクターもそれまでにない「リアル」なキャラクターだった。

この人は、その後、性をテーマにした青春ものやSFを描いてゆき(そういえば、いっとき、りぼんオリジナルという雑誌もあったなあ。ここに彼女が描いたSF『真珠とり』シリーズ、好きだった)、近年は千利休《せんのりきゅう》まで描いているが、そのタッチやスタンスは見事なまでに一定で、そのすべてが彼女にとっての「日常」であり、たぶん花岡ちゃんを描いている時も「キャンパス漫画」を描いているつもりはなかったのだろうなあ、と今になって思う。逆にそういう異ジャンルを「日常」に落としこめたという点でも画期的だったのではなかろうか。

もう一人、高校時代で別れを告げた「りぼん」で最後まで愛読していたのは高橋由佳利で、彼女の作品もまた一見普通の「キャンパス漫画」でありながら、不思議に乾いた、クールで自己客観性を備えたヒロインたちに、他の日常的少女漫画とは異なる「リアル」さを感じていた。『勝手にセレモニー』もよかったが、私が好きだったのは「倫敦《ロンドン》階段をおりて」という短編で、その醒《さ》めた静謐《せいひつ》さが印象に残っている。

さて、ストーリー漫画の牙城となった「花とゆめ」、そしてその進化形として登場した「ＬａＬａ」であるが、たぶん私が中学・高校時代に読んでいた頃のその二誌が最も先鋭的な少女漫画を載せていたのではあるまいか。特に「ＬａＬａ」は凄《すご》かった。載せている連載、短編、皆オリジナリティが濃くて面白かった。

「花とゆめ」は創刊当時月刊で、雑誌名からいっても「上品な」少女漫画を目指していたようだ。目玉は山岸凉子の名作バレエ漫画『アラベスク』第二部や美内すずえのジャンヌ・ダルクをモデルにした歴史ものだったことからもその傾向が窺《うかが》える。

しかし、ここで『アラベスク』の第二部を載せたという時から既に花とゆめの運命はきまっていたような気がするのだ。

当時の私は、人も羨《うらや》むプリマとなったノンナが追われる立場となり、メソメソしてばかりいて第一部のような「のし上がっていく」カタルシスのなさに不満を持っていたが、今読み返すと断然第二部のほうが素晴らしいのである。ノンナばかりか彼女の指導者であるユーリ・ミロノフについても芸術家としての「霊感」とは何かというテーマを描いていたというのが凄いことである。

月刊時代の「花とゆめ」はそんな感じで、かつての古きよき少女漫画も視野に入れた「上品さ」を模索していたが、その方向をはっきり決めたのは月二回刊となった時だろう。新連載二本立てとして表紙を飾ったのは、美内すずえの『ガラスの仮面』と和田慎二『スケバン刑事』だった。

以降、登場する新人もそれまで紙面を飾っていた路線とはかけ離れた、個性的でアヴァンギャルドなものになっていく。のちに『パタリロ！』で人気を博す魔夜峰央《まやみねお》、『はみだしっ子』シリーズの三原順、『エスの解放』などシュールで前衛的な倉多江美、それこそウッドハウスばりの洒脱な英国短編を描く坂田靖子、ＫＩＳＳ命のみかみなち、ブラックなギャグ『黒のもんもん組』とメルヘン『小さなお茶会』という正反対のジャンルを描き分けた猫十字社、などなど。どれも、編集部の寛容さと先見の明を感じさせるメンバーばかりだ。

山岸凉子は東大合格を目指すエリート高校版『風の又三郎』ならぬ『メタモルフォシ

ス伝』や、本格ファンタジー『妖精王』を連載する。どちらも異色のテーマだが、私は時折発表された中短編に強烈な印象を持った。男女の双子の不思議な運命を描いた『パニュキス』、こんにちのサイコスリラーの走りともいえる『スピンクス』。これらの作品の蓄積を経て結実したのが、のちにＬａＬａで連載された『日出処の天子《ひいづるところのてんし》』だと思う。「花とゆめ」での「少女漫画のオリジナリティ」の追求は、更に広い場所である月刊誌ＬａＬａへと持ちこされた。

「ＬａＬａ」がゆるぎない地位を確立するようになって、自前の新人を載せるようになると、面白いことに、花とゆめの先鋭的な部分からの揺り戻しというか、正統派の少女漫画が現れた。『みき&ユーティ』シリーズや『あいつ』『エイリアン通り《ストリート》』の成田美名子や、正統学園恋愛もので人気があったひかわきょうこである。当初「花とゆめ」が目指した少女漫画の「上品さ」が、一段階経て「ＬａＬａ」で達成されたような気がしてならない。特に、樹《いつき》なつみが登場し、『マルチェロ物語』の豊かなストーリー性と少女漫画の華やかさの融合には子供心にも充実感を覚えたことを記憶している。高口里純《さとすみ》とか佐々木倫子《のりこ》とか、独特のギャグセンスを持った人たちも出てきた。

さて、個人的にいえば、もちろん成田美名子もひかわきょうこも樹なつみも大好きだったが（特に成田美名子は、デビュー作からあっというまにファンがついて人気作家になった。絵が綺麗で、中学の漫画サークルではさんざん模写したものである）、一人私にとって大事な漫画家がデビューしている。

「ＬａＬａ」の新人賞「アテナ賞」は賞金も高く、レベルも高かった。そこで、佳作などではなく、堂々と本賞を獲ってデビューしてきたのが篠《しの》有紀子である。

とにかく、素人から見ても、圧倒的な画力があった。今でも覚えているのは、誰が選評していたのか覚えていないが、「絵のうまさで得をしているようなところがあります」と書かれていたことである。それほど、テクニックは完成されていた。

代表作は『アルトの声の少女』ということになろうが、私はその前段階の連載作品『フレッシュグリーンの季節』が好きだった。これこそ本当にホンモノの「等身大」の少女たちの物語だと思ったし、主人公の心情にこれまでにないほど共感した。

実は、私の書いた『夜のピクニック』を漫画化するとすれば、当時の篠有紀子の絵しかないなあと思っていた。もはや不可能な話ではあるが。

ここまでが、私の「少女漫画時代」を巡るおおまかな話である。大学生以降、漫画は単行本でしか買わなくなり、少女漫画は「点」でしか読まなくなってしまったけれど、小学生から高校生まで、文字通り少女漫画と暮らしていたといっていい。

こうして振り返ると、リアルタイムで雑誌で漫画を読むというのはとても面白い体験だった。もはやこんなふうに全身全霊を込めて漫画を連載で読む経験はできまい。なにより、正真正銘の「少女」だった時代に、最も進化を遂げた時期の少女漫画と共に成長できたのは時代のめぐりあわせというか、ラッキーだったとしかいいようがない。

もっとも、私の場合、「週刊マーガレット」系や小学館系、秋田書店系がすっぽり抜けている。それというのも、当時の私は漫画を「借りる」ということができず、買ったものしか読めなかったからだ。さすがに高校生の頃には少しずつ平気になったが、とにかく「返す」のがつらくてたまらなかったのである。今にして思えば誰かと協力してそちらの系統を借りればよかったとつくづく残念に思う。だから、ここで告白するが、私は『ベルサイユのばら』も『SWAN』も紡木《つむぎ》たくも読んでいないのだ。萩尾望都、槇《まき》村《むら》さとる、『エースをねらえ!』、くらもちふさこ、青池保子、『悪魔《デイモス》の花嫁』、吉田秋生《あきみ》はどれもコミックスで読んでいる。今となれば「オトナ買い」できるのだが、未だに「私のカバー範囲ではなかった」というコンプレックスがあるせいか、書店で文庫の背表紙を眺めながらも買うことができないのだ。

更に、高野文子、岡崎京子、魚喃《なななん》キリコ、安野《あんの》モヨコ、よしながふみあたりになるともはや私の中では「少女漫画家」ではないので、私の少女漫画時代はそこまでということになる。

いやはや、長々と個人的な回想におつきあいいただき、たいへん恐縮である。

　ところで、購読してはいなかったが、ずーっと気になっていた少女漫画雑誌がひとつあった。

「ぶ～け」である。「ＬａＬａ」とはまた少し異なるカラーのオリジナリティと少女漫画らしさに興味を持っていたし、松苗あけみや水樹和佳（水樹和佳子）が描いているのをちらちらと横目で見ていた。

　そして、何より、内田善美が代表作のほとんどを描いていた雑誌であった。

　いよいよ内田善美について語らなければなるまい。

　内田善美こそは、私にとって「最後の少女漫画家」だからである。

3

　現在、私が所有している内田善美の漫画は四冊しかない。

　ぶ～けコミックスの『ひぐらしの森』と、四六判『星の時計のＬｉｄｄｅｌｌ《リデル》』１～３巻だ。今となってはどうしようもないが、なぜ彼女の代表作と言われるであろう『空の色ににている』や『かすみ草にゆれる汽車』、りぼんマスコットコミックスで持っていた「りぼん」＆「りぼんデラックス」掲載の全短編『星くず色の船』と『秋のおわりのピアニシモ』を手放してしまったのか、かつての自分を罵《ののし》りたい気持ちでいっぱいである。

しかし、同時に、それらの漫画を処分する時に、自分がいったん少女漫画を卒業するのだ、という意識があったこともよく覚えているのだ。なにしろ、この時、私は小学校に上がるか上がらないかに初めて買ってからこのかた、えんえん集めていた少女漫画のコミックス数百冊を全て処分したのである。そのすべての中から内田善美の作品を残したのが、私にとっての最後の少女漫画家、と彼女を呼ぶゆえんだ。そして、内田善美の漫画のなかで最も好きな『ひぐらしの森』を選んだのは、いわば記念品のような扱いであった。

美しく気まぐれな女王様タイプの少女と、優等生タイプの地味な少女が不器用に友情をはぐくむ、ひと夏の物語。山の中の別荘地。美しい親戚の少年たち。もちろん、私の『蛇行する川のほとり』はこの物語から影響を受けている。最も私の好きなタイプの、少女漫画らしい一編だ。

かつてはみんなの部屋に飾ってあったペナントのようなもの。めったに開いてみることはないが、我が青春時代の記念として飾っておくにふさわしいタイトルであった。

『星の時計のＬｉｄｄｅｌｌ』の場合、ポジション的に『ひぐらしの森』とはちょっと異なる。この本を買ったのはいったん少女漫画を「卒業」してしばらく経《た》ってからだったし、少女漫画としてではなく、自分の好きなジャンルの翻訳小説のような位置づけだ

『星の時計のLiddell』
内田善美 著
1985年
集英社

ったのだ。それこそ、もう改めて読まないかもしれないけれど、本棚には並べておきたいサリンジャーやブラッドベリの小説を取っておくような感じだったのである。

内田善美が「りぼん」&「りぼんデラックス」時代に発表した漫画はほぼ全部覚えている。

デビュー作は「なみの障害物レース」で、「りぼん」本誌の登場だった。足の悪い女の子のどちらかといえば「感動もの」系の話だったが、それよりも一年くらいあとに発表された「7月の城」のほうが強く印象に残っている。アメリカ建国二百年記念日の話で、主人公の女の子が「ゴシックもなければルネッサンスもない」と呟き、ヨーロッパコンプレックスを友人たちに笑われる、という場面をくっきり覚えているのだ。なにしろ、少女漫画の中の外国は「西洋」とひとくくりにされていたのに、アメリカがヨーロッパに対してコンプレックスを持っている、なんていうのは初めて目にする概念だったのだ。

私の記憶が確かならば、いっとき内田善美は大矢ちきのアシスタントだった、という説がまことしやかに囁《ささや》かれていた（本当は一条ゆかりのアシスタント）。

それは、絵を見れば一目瞭然だった。華麗で緻密で西欧的な、確固たる線の絵。今見れば全然違うのだけれど、当時はこういうタッチの漫画家は珍しかったので、同じ系列と思ってしまったのかもしれない。しかし、大矢ちきには庶民に訴える少女漫画ちっくな「サビ」のようなものがあったが、内田善美の漫画にはよくも悪くも読者に対する「媚《こ》び」がなかった。内田はものすごいテクニシャンではあったが、その技巧派ぶりが逆にイラスト的で人物が動いていない、という批判を呼び寄せたようである。

しかし、それこそが逆に後年「ぶ〜け」で花開く、独特の硬質な世界を構成するための支柱だったのだ。

後年の代表作、私の手元にある『星の時計のＬｉｄｄｅｌｌ』を見ても、「人物が動いていない」という欠点は解消されていない。バスケットボールの場面を見ても、音がなくストップモーションのように見えてしまう。にもかかわらず、ここまで来ると、画面が大きく見開きで使われるようになったこともあり、その欠点すらもが、完成されたギリシャ彫刻のように見えてくるのだから不思議だ。むしろ、かえって彼女の硬質かつ静謐な世界がゆるぎない精度で迫ってくる。

その技術力は、異世界ものを描く時に大いに発揮された。「パンプキン　パンプキン」や「銀河　その星狩り」などの異世界ファンタジーのデザインの完成度は今にしても凄かったと思うし、そういう意味では、学園ものを描いていても、内田善美が描くものは常に異世界だった。比較的普通の恋愛ものと思われる「秋のおわりのピアニシモ」にしても、合唱部の女の子とバスケットボール部の男の子の通う高校はリアルであってリアルでなかった。少女はあくまでも楚々《そそ》として透明感があり、運動部のキャプテンである少年は、物静かで老成した知性すら漂わせている。学校の外には静かな野原が広がっていて、二人のデートはそこで本を読むことである。草のいっぽんいっぽんに手が触れるように感じ、学生服の襟《えり》の固さや少女の髪の感触すら感じられるような、質感のある描写。そうした細部の描写がリアルであるからこそ、逆に造り上げられた異世界、という感覚が強まってしまうのだ。

過去の古い日本を描いても、異国を描いても、そこにあるのは内田善美の造る確固たる「別の、もうひとつの世界」になってしまう。内田善美の漫画としてのリアルさが、少女漫画の虚構をある種つきつめた完成形に導いたように思えてならない。その点でも、やはり私にとって彼女は「最後の少女漫画家」なのだ。

内田善美の漫画の読後感は、一種独特だ。漫画というよりは、詩のようだ。それも、映像詩。タルコフスキーの映画や、NHKで『四季・ユートピアノ』など、実験的な作品を撮っていた佐々木昭一郎なんかの映像を観た時の印象に似ている。あるいは、ライアル・ワトソンの文章。

ライアル・ワトソンは、今ではやや「トンデモ系」に入れられているような気がするが、一世を風靡《ふうび》した科学者(？　専門分野はなんだったっけ)であり、『ネオフィリア』とか、『風の博物誌』とか感心しながら読んだ記憶がある。その科学とスピリチュアルの越境かげんが特に『星の時計のLiddell』に似ているのだ。ただし、内田善美の視線は、ロマンチストで万物に対する愛に溢れたワトソンよりも、遥かに冷徹で距離感がある。

『星の時計のLiddell』は、彼女のすべてが注ぎ込まれた文字通りの大作であり代表作であることは間違いないが、第一巻の帯は「少女漫画に新たな神話が誕生」、第二巻の帯は「人間の深層心理に迫る大型ミステリー」、第三巻の帯は「内田ロマンの神髄がここに完結！」とある。確かに、この漫画の内容を説明するのはむつかしい。編集者が帯の惹句《じやつく》に苦労したことが窺《うかが》える。

なにしろ、書き出しの一行は、「幽霊になった男の話をしよう」という、およそ少女漫画らしからぬものだし、テーマは、「地球上唯一の異質でいびつな生命体である人類はこれからどこに向かうのか」という、更に少女漫画らしからぬ哲学的なものなのである。

　久々に読み返してみたが、実に不思議な話だ。主軸になっているストーリーは、アンドレ・モーロワの「夢の家」という幻想短編に似ている。夜ごと夢に出てくる家を探して辿《たど》り着いたら、主人は幽霊屋敷だと怖がって引っ越したあと。幽霊屋敷なんて、そんな馬鹿な、と笑うと、「幽霊はあなただった」と管理人が応える、という話。

『星の時計のLiddell』のほうは、シカゴが舞台。ヒュー・V・バイダーベックという青年が、繰り返し見る夢の中で出てくる家とそこに棲《す》む少女を捜すという話だ。

　実は、ヒューは睡眠時無呼吸症候群であり、呼吸せず心臓も止まっている状態の時は必ず同じ夢を見ている。それは子供の頃から見ていたもので、夢といっても、白昼も突然金木犀《きんもくせい》の香りを嗅いだり、声が聞こえてきたりする。夢に惹かれていた彼は、ある日夢の中の少女から助けを求められたため、この家を探す決心をするのである。

と、あらすじだけ書くと「?」という感じだが、話のほとんどを占めるのはヒューに惹かれ、ヒューの見る夢に興味を持ち、同時に畏《おそ》れを抱く周囲の人々についてだ。ロシア革命時に故郷を捨てた貴族を祖父に持ち、「あらかじめ失われた故郷」に憧憬《しょうけい》を抱き、常に旅暮らしで孤独を友とするウラジーミルがもう一人の主人公だし、日本人女性・葉月やヒューを密《ひそ》かに慕うデザイナーのヴィーなど、登場人物は結構多い（なんと、ロアルド・ダールという名の助手までいる!）。

この中で、ヒューの心理描写は一切ない。彼は異様な体験をし続けているのに、誰よりも「正気」であり、情緒も安定していてセンスのある、バランスの取れた美しい若者である。そんな彼を、周囲は「まれびと」や、「進化した人類」とみなし、「彼は私たちとは違う人間よ」と繰り返し呟《つぶや》き続けるのだ。

自然界にないものを次々作り出し、文明と呼ばれる、明らかにこれまでの生物が持ち得なかったベクトルの知性を獲得した人類、元々生物としては決して強くもなく、とっくに淘汰《とうた》されていてもおかしくなかった人類が地表を覆い数十億という数に膨れ上がった時、人々の無意識や精神は次にどこに向かうのか。これがこの漫画のもうひとつの軸であり、登場人物はしばしばそのことについて語り合うのだが、「その次」の象徴的なものがヒューの見ている夢であり、夢の中に登場する少女「リデル(Liddell＝riddle《リドル》＝謎)」なのだ。

登場人物たちの発するキーワードはいくつかある。

「かなしみ」と「予感」。特に「かなしみ」については、「悲しみ」「哀しみ」「悲哀」「美しさ」「真実」「現実」などあらゆる当て字まで使って何度も登場する。

つまり、この漫画の本当のテーマは、ヒューという「新人類」を目の当たりにした時に、我々「旧人類」が感じる違和感や「取り残される人類の悲しみ」であるとも読める。

物語は、一応の結末を見る。

ある日、ヒューは古道具屋で古い写真を見つける。その写真の少女は、夢の中で見た少女であり、写真には「Liddell 1879」と書かれていた。家の実在を確信したヒューは、ウラジーミルと共に、北米じゅうを回る、家探しの旅に出るのである。

ついにその家を発見した二人は家を買い取り、つかのまそこで暮らす。むろん、実在した少女はとっくに亡くなっており、「現実」での邂逅《かいこう》は果たせない。そして、ある晩、ヒューはついに「向こう側」へと姿を消す。ついに彼自身が「幽霊」となったのだ。ベッドの上に、温かい人間の形をした窪みだけ残して――

それを見届けたウラジーミルは、再び新たな旅に出る。

このラストを、内田善美本人に重ねて見てしまうのは私だけではあるまい。

内田善美は「消えた漫画家」だと言われている。現在、完全に音信不通なので、彼女の作品を復刊もしくは再刊しようとしてもできないのだ、と聞いた。

「ぶ～け」にこの作品が掲載されたのは一九八二年から一九八三年にかけてで、加筆の上、最終巻である第三巻が出たのは一九八六年の十月。もう二十年以上経《た》つと思うと不思議な心地になる。

陳腐な連想であるが、彼女は「向こう側」に行ってしまったのではないか。それがヒューのように実在の姿を消すことなのか、「新人類」に意識を進化させてしまったのかは分からない。しかし、霧のような雨の中、ウラジーミルがパリに発《た》とうとする時、

「雨の向こうは冬ですか」と彼が呟き、見送る管理人の老夫婦が「行ってらっしゃいまし、よい旅を」という台詞でフェイドアウトするラストシーンは、内田善美が自分自身に向けて贈った言葉のようなのだ。

あるいは、彼女もまた「卒業」したのではなかろうか。私があの時、『ひぐらしの森』を残してすべての少女漫画を処分したように、ある意味、自分がやるべきことはやり尽くしたという感触を得た彼女もまた、「もうこれでいい」と感じ、みずから漫画家を「卒業」していったように思えてならないのだ。

（晶文社ホームページ 〈1〉2008・11、〈2〉2009・2、〈3〉2009・6）

Ⅲ 暗がりにいる神様は見えない

おはなしの神様は一人だけ

ドラマ『24』

『24』というアメリカのドラマがある。エミー賞も取った、話題作である。実際、ちょっとでも観てみれば、たいへんなお金と工夫と労力が注ぎ込まれた作品であるということは理解できる。製作者側の気迫というか、準備万端整えて制作に臨んだ意気込みが伝わってくるのだ。

しかし、私はこのドラマを全く評価しないのである。というか、ちっとも面白くないのである。

順を追って説明すると、このドラマの噂を聞いた時、私は一も二もなく「面白そうだ」と思った。是非いっぺんに通して観たいと思っていた。『セックス・アンド・ザ・シティ』以来観るべきドラマに出会っていなかった私は、大層このドラマに期待していたのだ。

アメリカのドラマは、なにしろ世界で売ろうという目論見《もくろみ》があるので、予算を掛けて丁寧に作られている。幼い頃には『ローハイド』『奥様は魔女』『スパイ大作戦』『刑事コロンボ』『チャーリーズ・エンジェル』などなど、長じては『ツイン・ピークス』『Xファイル』と、どれほどアメリカのドラマに時間を割いてきたことであろう。

だから、わくわくして、体調を整え、時間を作り、噂のドラマ『24』を一気に見るべくスケジュールをやりくりした。

ところが、三時間ほど観て、続きを観る気がしなくなった。それも、正直言うと、最初の一時間から、薄々その予感があったのである。それは時間が経《た》つにつれはっきりとした確信に変わった。要するに、我慢しながら三時間観たのだった。しかし、三時間目に達して、この先観なくてもいい、私はそう判断したのである。

実は、これは一度きりのことではないのだ。

最初はツタヤからレンタルビデオを六時間分ほど借りてきて、一気に観る予定だった。そこで挫折して、暫《しばら》く忘れていた。が、フジTVの深夜枠で何日かに分けて一挙放映という企画があり、局でも大々的に宣伝していたので、挫折したことを思い出した。ドラマに集中するには、体調や気力も影響するから、たまたまあの時はタイミングが悪かったのかもしれないと思い、もう一度チャレンジした。しかし、やはり数時間で挫折。更に、もう暫くして、自宅のマンションが加入しているケーブルTVでも一挙放映という機会があり、しつこく敗者復活戦を試みたのだが、それでもやはり途中で観る気が失せてしまったのだ。

それがなぜかをこれから少し説明してみることにする。

ご存じの方もいらっしゃるかと思うが、これは、リアルタイムで話が進行するというふれこみのドラマである。ドラマを観ていて一時間経過すれば、それはドラマの中でも同じく一時間経過しているという意味である。それを丸一日分見せようというわけだ。

むろん、場所はめまぐるしく変わり、主人公がリアルタイムで追っている初のアフリカ系アメリカ人大統領候補の暗殺計画とは別に、彼の娘とその友人が夜遊びをしていて誘拐されてしまう事件や、その娘を捜すぎくしゃくした関係にある妻や、事件を起こすテロリストたちの行動なども並行して映し出される。リアルタイムであることを強調する演出として、何分か毎《ごと》に、並行する場面を分割した画面で同時に見せ、秒を刻む時計の音が挿入される。非常に緻密さを要求される演出を、このドラマでは緊張感を途切れさせることなく成功させている——と思う。

だがしかし。

私には乗れないのだ。ハマりたいのにハマれないのである。

観ているうちに、会議室のホワイトボードと、そこに書かれた人物相関図と、ドラマ内の分刻みのスケジュールと、それを囲んでブレインストーミングをしている脚本家たちが目に浮かんできてしまうのである。掻《か》き消そうとしても、なかなかそれは消えない。TVの中の登場人物やセットの向こう側に、いつまでもぴったりとくっついて浮かんだままだ。

そして、登場人物の台詞《せりふ》にかぶさるように、戦略を練り、真剣に協議するスタッフの声が聞こえてくる。

「職場にもう一人、怪しい人間を入れておいてはどうか」

「主人公の不倫相手と一時期つきあっていたという設定にしておけば、彼が彼女につきまとう理由ができるはずだ」

「OK、ここでこの男を映しておこう。いかにも嫉妬《しっと》に駆られているという表情が、後の行動の伏線になる」

「番組終了の十分前だ。ここでもう一つ見せ場が欲しい」

「大統領候補の苦悩とジレンマを視聴者に印象づけておこう」

「今後の展開に絡む重要な場面だ。彼の上司に、さりげなくこのことを説明させておく必要がある」

「娘の友人の父親を、もっと意外な形で使えないか」

その声がうるさいのなんの。静かにしてくれ、私はこのドラマにハマりたいのだ、と心の中で叫ぶのだが、ちっとも声は消えてくれないのである。

私はかっちりと作りこんだ話が嫌いではない。むしろ、職人的に緻密な脚本こそがドラマの心臓だと思っている。しかし、それがドラマを観ている時に透けて見えては困るのだ。ドラマを観ている時には気持ちよく引き込まれたいし、スタッフの顔や声など感じたくない。夢中になって観て、終わってから振り返り、「ああ、よくできた話だなあ。あそことあそこにこんな意味があったなんて」と感心したいのだ。

『24』の場合、なまじ大変な労作であり、スタッフも『どうだ、こんなに凄《すご》いことやったんだぞ』と思っており、その苦労に報われたい、という願望が強いためか、その大変さと努力がすっかり透けてしまっている。どんなに苦労しようとも、観ている客にそれを感じさせてはエンターテインメントとして失格だと私は思うのだ。

しかも、このドラマに関していえば、もう一つ重要な問題があるように思える。

おはなしの神様がいないのだ。

おっと、お客さん、そこで引かないでください。私はすこぶる真面目である。

そいつは何だ、どんな顔をしているのか、見たことがあるのか、と言われれば、さあ何でしょう、見たこともないし分からない、としか答えようがない。

けれども、おはなしの神様は、確かにいる。

映画やドラマの中で、全てを包み込み統括し、揺るぎない牽引力《けんいん》でもってストーリーを引っ張っていく、力強い何か。そういう存在が、優れた映画やドラマの中には必ず宿っている。メロドラマだろうが、ホラーだろうが、コメディだろうが、超大作だろうが、自主映画だろうが、関係ない。そして、そういう存在はいつも「一人」だけだ。顔は見えないけれど、強い個性を持った、決して抽象的ではない、唯一の存在である。

それさえいれば、多少のアラや矛盾など、どうでもいい。観客はひたすらドラマの力に身を委《ゆだ》ね、どんな遠いところでも、見たことのないどんな場所でも、おとなしくついていくし、少々乱暴に引きずりまわされても文句は言わない。

『24』にはそれがない。身を委ねたくなるような先導者が感じられないのである。優秀なチームの存在は感じられるけれど、それよりも高次のところにいるべき神様は不在だ。別に、デビッド・リンチやサム・ライミなど、ビッグネームの顔が必要だというわけではない。実は、この『24』と同じ印象を、以前『ダーク・エンジェル』でも感じたことがある。あの時も数回で観るのをやめてしまったが、あれはジェームズ・キャメロンが制作総指揮を務めていたはずなのに、ちっともおはなしの神様を感じられなかった。長年温めていた企画だと聞いたが、全く生彩がなく、とてもそうは思えなかった。

たとえて言えば、これらのドラマは修学旅行みたいなのである。

修学旅行は、何年も前から予定が決まっている。お金を積み立て、準備をし、決まった日程に合わせて計画を立てる。「修学旅行」それ自体が目的であって、どこに行くか、何をするかは二の次だ。大勢の人間をいっぺんに連れていくことが前提であるから、おのずとかっちり細かいところまで定まった、それこそ分刻みのスケジュールを組んでおく。当然、スケジュールの消化がその目的となる。確かに大勢の人間が予定を消化したし、無事終わったけれども、生徒たちは何を観たかなんてろくに覚えちゃいないし、枕投げしか印象に残っていない。

だけど、本来、旅行はもっと個人的な愉《たの》しみだったはずだ。

どこかに行きたい、今まで行ったことのない遠いところに行きたい、見たことのないものを観たい。

そんなふうに、「旅に出たい」という衝動があり、期待があり、目的があって、初めて旅が始まる。同じ欲望と目的を持った人が集まって、団体旅行になる。これが正しい順序のはずだ。

なのに、「何かハラハラドキドキする面白いドラマ観たいなぁ」ではなく、「リアルタイムで進行する二十四時間のドラマ」という「野心的な」試みを行うことが目的であって、その目的にストーリーも登場人物も隷属《れいぞく》させられる形になってしまっているのだ。目的は達成されたのだろうが、本来の、ドラマを観る愉しみは、二義的な地位にあまんじているのである。

おはなしの神様は、「物語る」存在とも言い換えられる。

映画やドラマが「物語られ」なくなって久しい。

かつての映画には、とうとうと語られる「ストーリー」があった。おはなしの神様は、映画の一本一本に、ドラマの一回一回に宿っていた。今や「ストーリー」はなくなり、複雑化したプロットだけがある。もしくは、心象風景と称する、自分の話はしたいが人の話は聞きたくないという映画ばかりが増えた。映像作家は毎日生まれているが、映画監督は消えつつある。

世界から三人称が消え、一人称のみの世界になりつつあるのだ。

が、実は、三人称と一人称は同じものである。個人の一人称か、人間の一人称かの違いなのだ。恐らくは、そのもう一つ上のところに、世界の一人称があって、それを「語る」ことができるのが、おはなしの神様なのだと私は解釈している。そして、人間の一人称と、世界の一人称をイメージすることが、今どんどん難しくなってきているのだ。

一人称が幅をきかす世界など、うんざりである。自己表現の映画なんか人に見せるな。あんたの心象風景なんて、興味ないっつうの。

——とまあ、頼まれもしないのにくどくど文句を並べてみたが、要は、何か面白いドラマが観たいだけなのである。三回もトライして挫折した『24』には、期待を裏切られたという恨みがあるのだ（それをこんなところで晴らしているとは、我ながらせこい）。

それに、『24』って、なんか現場がピリピリしてそうだし、スタッフも登場人物もみんなストップウォッチ握りしめてそうで、ちっとも楽しそうじゃないんだもん。同じネタで、もっと低予算で面白いのが撮れるのに、といつも思ってしまう。そもそも、誰かの一日をトイレから風呂までぴったり全部一緒について撮れば、「リアルタイムで進行する二十四時間のドラマ」になると思うのだが――

（晶文社ホームページ　２００５・10）

追記：その後も『24』はシーズン6まで続き、私は未だに見ていないのに『メイキング・オブ・24』は買いました。

ビヨンセが、えらい

映画『ドリームガールズ』

映画『ドリームガールズ』のDVDを繰り返し観ている。

私は密《ひそ》かにミュージカル好きで、『ドリームガールズ』も公開中に三回観ているが、最近DVD版が発売されたので、気に入ったナンバーの場面をしつこく観ている。ボーナス版として入っているメイキング映像の出来が素晴らしく、キャストのオーディションをはじめ、照明デザイナーやプロダクト・デザイナーらスタッフの仕事も丹念に追っていて見応えがある。

『ドリームガールズ』は元々ブロードウェイ・ミュージカルとして舞台から出発した、女性三人の黒人ヴォーカルグループのサクセスストーリーである。図抜けた歌唱力でリードヴォーカルを取っていたエフィは、マネージャーの意向でリードを降ろされ、容姿の優れたディーナがリードに収まる。このディーナ役を映画ではビヨンセ、エフィ役をジェニファー・ハドソンが演じている（舞台ではジェニファー・ホリデイが演じた）。

ビヨンセは人気グループ「デスティニーズ・チャイルド」のリードヴォーカル。父親は音楽界の大プロデューサーで大金持ちだが、子供の頃からプロ志向が強く、小学生時代から自分でグループを作って地道に活動を続けてきて、二十歳そこそこの若さで成功した。その独立心とプロ根性には見上げたものがある。彼女はディーナ役を熱望し、モデルとなったヴォーカルグループ、シュープリームスの当時の映像を徹底的にリサーチしてオーディションに臨《のぞ》み、振付やファッションも自分で考えてきたという。

いっぽうのエフィ役、ジェニファー・ハドソンは新人。TVのオーディション番組「アメリカン・アイドル」で最終まで残ったズバ抜けた歌唱力の持ち主だが、審査員にはルックスなどで「君にはアイドルは無理」と酷評されて優勝を逃した経緯がある。

映画版『ドリームガールズ』は、登場人物と出演者の人生が重なることでも話題になり、ジェニファー・ハドソンは初出演のこの映画でアカデミー賞の助演女優賞を獲得した。

だがしかし、もちろん図抜けた歌唱力を必要とするエフィ役を捜すのが大変だったのはよく分かるが（メイキング・フィルムでは、エフィ役探しのオーディションにかなりの時間が割かれている）、それでもなお、映画『ドリームガールズ』が成り立ったのは、ディーナ役にビヨンセを得たことが大きいと思うのである。

第一、今のこの時代、「容姿はイマイチだけど歌唱力はすごいのよ」というタイプが既にもうピンと来ない。一人一芸の時代はとっくに終わっていて、今は総合力の時代なのだ。現代の日本の女の子で、この映画を観てエフィに感情移入する人は少ないと思う。なにしろ、エフィは「あたしのほうが歌がうまいのに、ディーナはあたしの男と寝てリードを盗った」と思い込み、不貞腐《ふてくさ》れて仕事をすっぽかしてしまう女なのである。美人でプロ意識が強く、フェアな態度のディーナのほうが、現代の女子にはよほど納得できるし、憧れる。実際、ビヨンセは自分のグループでも「遅刻したり、練習にやる気が感じられなかったり、プロとしての向上心のない人には辞めてもらった」そうなので、イメージにぴったり重なっていたし、その美女っぷりたるや、最近大味な「美人」女優ばかりのハリウッドで久々に「美女を見た」という感じでうっとりした。この完璧なディーナ役あってこそのエフィ役なのである。

とまあ、ビヨンセよりジェニファー・ハドソンの評価が高いのに疑問を感じていたためつい熱が入ってしまったが、最近また良質のミュージカル映画がぽつぽつ現れるようになって、とても嬉しい。

かといって、そんなに昔からミュージカルが好きだったわけではない。大学に入るまでに観たことのあるミュージカル映画はせいぜい『ウエスト・サイド物語』や『雨に唄えば』程度だったし、むしろ子供の頃は誰でも抱く疑問——「なぜ話の途中で唐突に歌い出したり踊り出したりするのか?」——が強く、ヒッチコックの映画やスパイスリラーなどが好きだったので、ミュージカルは苦手だった。

それがなぜ、大学に入ってミュージカルが好きになったかといえば、大学でビッグバンドに入り、ジャズを聴くようになったからだと思う。

バンドで演奏するスタンダード・ナンバーと呼ばれる曲は、映画やミュージカルで使われた曲が多いからだ。有名なところでは、「アズ・タイム・ゴーズ・バイ」が「サム、その曲は弾くな」とハンフリー・ボガートが呟《つぶや》く映画『カサブランカ』で使われた曲。「そうだ京都、行こう」というキャッチコピーのJR東海のCMで、アレンジを変えながらもずっと流されている「マイ・フェイバリット・シングス」は映画『メリー・ポピンズ』の中の一曲。今はもうないが、かつて「日曜洋画劇場」という、淀川長治が解説者を務めた映画番組のテーマソング「ソー・イン・ラブ」は、元々は『キス・ミー・ケイト』というシェイクスピアの『じゃじゃ馬馴らし』を下敷きにしたミュージカルの中の曲である。

知っている曲が増えるにつれ、出典の映画も少しずつ観るようになっていった。東京に来て、名画座に行けるようになったことも大きい。

そして、ジャズを聴いていると、タップダンスを観るのが各段に面白くなるのである。タップのソロはジャズのドラムソロを聴いているのに近いところがあるので、即興のステップを観るのが楽しくなり、より凄《すご》いステップを観たくてミュージカルを観る、という循環が出来上がり、ミュージカルが好きになったというのが自分に対する分析である。

ミュージカル映画におけるタップダンサーといえば、フレッド・アステアとエレノア・パウエルだろう。私はアステアと名コンビを組んだジンジャー・ロジャースにはあまりピンと来ないのだが、エレノア・パウエルのステップにはいつも興奮させられる。アステアとパウエルは『踊るニュウ・ヨーク』ぐらいでしか組んでいないが、ここで踊るパウエルはすごい。

アメリカのSF作家にコニー・ウィリスという人がいて、この人はハリソン・フォードの熱狂的なファンとして知られているが、熱心なミュージカル映画ファンとしても知られていて、バーチャル技術を進歩させて映画の中でフレッド・アステアと踊るのが夢という女の子と、映画監督を目指す男の子との恋を描いた、ミュージカル映画への愛満載の『リメイク』という小説を書いている。

その中で、ウィリスはヒロインに「フレッド・アステアは好きだけど、ジーン・ケリーはあんまり」と言わせている。いわく、ジーン・ケリーは「いかに自分が凄く難しいことをやっているか」を誇示するように踊るが、アステアは「恐ろしく難しいステップなのに、今ちょっと思いついたのでやってみた」というように踊るから好き、というのである。この意見はウィリスの意見だと思うが、納得させられるところがある。

私はジーン・ケリーも好きだが、彼の「力の入った」ダンスには、観ているほうもつい力が入ってしまう。けれど、アステアの軽やかなダンスは、観ているうちにふーっとこっちの身体まで浮かび上がりそうな気がしてくる。

アステアが完璧主義者なのはつとに有名だが、計算され尽くし、周到な練習をした上で生じるあの「軽み」を獲得したダンサーは彼以外に見当たらない。決して体格的に恵まれているわけでなく、若い頃から老け顔なのに、燕尾服《えんび》にシルクハット、手にはステッキといういでたちがぴたりと嵌《は》まり、踊っているどの瞬間のポーズも決まっていて、エレガントな空気感を漂わせる。スローモーションやアニメ合成、群舞が普通のテンポで踊っている映像に倍テンポで踊る自分の映像を重ねるなど、いろいろ実験的なことも試みているが、彼が踊っていると、コマ落としのようにそれぞれのポーズが止まって見えるのは、彼の持つタイム感が正確で、一瞬たりとも意識されていないポーズがないからだろう。

アステアの映画で好きなのは、エレノア・パウエルと組んだ『踊るニュウ・ヨーク』はもちろんだが、ジュディ・ガーランドと組んだ『イースター・パレード』と、シド・チャリシーと組んだ『バンド・ワゴン』である。どちらもショー・ビジネスものだ。

ジュディ・ガーランドという人は、どこかで小林信彦も書いていたが、時折目に狂気の光を宿すというか、イッちゃってる目をする人で、天才少女歌手と言われてきて、出世作となった『オズの魔法使い』でも既にその萌芽がある。この映画の有名なナンバー「オーバー・ザ・レインボウ」は、アメリカ人にとってジュディ・ガーランドをはじめどことなく不幸な因縁を感じさせるナンバーだというドキュメンタリーを見たことがあるが、やはりイギリスの舞台を映画化した『リトル・ヴォイス』のクライマックスシーンでも使われていた彼女の歌「カム・レイン・オア・カム・シャイン」はなんとも身の毛のよだつような迫力のある演奏で、聞く度にぞっとするほどである。それでも、『イースター・パレード』のガーランドは本来のファニーフェイス系のキャラクターがぴったり嵌まっていて、アステアと組んで出た舞台の場面もご機嫌。元々ジーン・ケリーが演じるはずで、もう引退したと思われていたアステアが素晴らしいダンスを披露して復活したというおまけつきの映画だ。

『バンド・ワゴン』でも、なぜかアステアは落ち目のスターという役どころで出てくる。友人の脚本家夫婦と、新たな舞台を作って巻き返そうと、バレエダンサーのシド・チャリシーと組む話。

シド・チャリシー様（チャリースと読むという説もあるが、子供の頃からチャリシーで覚えているのでこれで通す）は、ミュージカル映画女優でいちばん好きな女優だ。ノーブルな美女でスタイル抜群、踊りも迫力満点。エルンスト・ルビッチの『ニノチカ』を下敷きにした、同じくアステアと組んだ『絹の靴下』もよかったが、やはりこの『バンド・ワゴン』のチャリシー様が一等素敵である。この映画のせいで黒髪ショートの美女というのに弱くなり、当然映画版『シカゴ』のキャサリン・ゼタ・ジョーンズ様にもうっとり。

チャリシー様は『ザッツ・エンタテインメント』でも案内役として登場していたが、歳を取ってもピンと背筋が伸びてとてもスタイルがよく、ノーブルな美しさは変わっていなかった。そして、なぜかDVD版の『アニーよ銃をとれ』もチャリシー様が紹介していて（権利の関係か、ずっと待っていたが『アニーよ銃をとれ』はついにビデオ版が出なかった）得した気分になったものである。『アニーよ銃をとれ』は元が舞台で、映画化にあたり当初ジュディ・ガーランドが主演するはずだったが、健康上の理由で降板してベティ・ハットンが演じ、当たり役となった。ハットンは実に潑剌《はつらつ》としたアメリカ美人で、表情豊かで豪快な感じがぴったりだった。ガーランドではこうはいかなかっただろう。

さて、ミュージカル映画に似て非なるものに音楽映画というものがある。歌って踊り、ショービジネスを描いていても、ミュージカル映画ではないものもあるのだ。ロイ・シャイダーがボブ・フォッシーをモデルにした振付兼演出家を演じた『オール・ザット・ジャズ』は全編歌と踊りに溢《あふ》れているが、ミュージカルではない。映画版の『コーラスライン』も怪しいと思う。グレゴリー・ハインズとサミー・デイヴィスJr.

のタップダンスが素晴らしい『タップ』も違う。最近では、バイ・セクシュアルだったコール・ポーターの生涯を描いた『五線譜のラブレター』なんかも。

これらは、人生の直喩あるいは暗喩として歌と踊りが使われている。いけません。邪道である。そんなのは、ミュージカル映画ではない。

ミュージカル映画は、歌と踊りの素晴らしさを強調するために、いわば音楽を引き立てるスパイスとして、音楽に深みを与えるために人間の人生が使われているのである。

これは非常に大きな違いだ。『ドリームガールズ』は、なるほど主要人物六人の人生の紆余曲折《うよきょくせつ》を描いた映画ではあるが、決して歌と踊りは彼らの人生に隷属してはいない。だから素敵なミュージカル映画なのだ。

（晶文社ホームページ　２００７・９）

追記：「一人一芸は流行《はや》らない」と書いたが、その後スーザン・ボイルという人が登場。一夜にしてスターダム、がまだあったとは！

うろおぼえの恐怖

映画『フォース・カインド』

『フォース・カインド』（オラントゥンデ・オスサンミ監督）という映画を観た。

アラスカ州で実際に起きた事件を映像化したもの、という触れ込みである。

実話を基にした映画というのは珍しくないが、この映画の新味は、実際に監督が体験者をインタビューした映像や、事件の際に撮られていた映像をふんだんに再現映像に盛り込んでいるところだろう。

映画によると、アラスカ州のその地域は失踪事件の頻度が著しく高く、FBIの出動件数が突出して多い場所なんだそうである。その地に住む精神科医が、不眠症に悩む患者が多いことに気付き、カウンセリングで催眠術を掛けて原因を探り出そうと話を聞いてみたところ、誰もが似たような体験をしていることに気付く——というものだ。

実際に何が起きたのか、精神科医が導き出した仮説が正しいのかどうかは監督も明言せず、観た者に判断を委《ゆだ》ねる、という結論になっている。

話の真否や映画の出来はともかく、私はこの映画を新手のホラーとして興味深く観た。

以前から、バリバリのホラーサスペンスを一本書いてみたいなと思っていたのだが、これだけホラー映画やホラー小説、実録怪談ものが隆盛を極めている現代、果してどういうアプローチがよいのか、どういうものが怖いのか、ずっと考えあぐねていたからだ。

しばしば、「怖い本を教えてくれ」という質問や、「これまでにいちばん怖かった本は」というアンケートを受けたりする。

その都度、「怖いってなんだろう」と悩んでしまう。「怖さ」というのは人種や世代を超えて普遍的な感情であるのと同時に、極めて個人的なものでもあるからだ。

虫が怖い、不潔なものが怖い、猛獣が怖い、病気が怖い、ストーカーが怖い、失業が怖い、災害が怖い。こういった圧倒的に物理的で現実的な「目に見える」恐怖に、我々は日々脅《おびや》かされているし、実際こういうもののほうが待ったなしで解決を迫られることも含め、暴力的に怖い。

しかし、そのいっぽうで「目に見えない」恐怖、「存在しないとされている」恐怖というものは確実に存在するし、私が興味を覚え、描いてみたいというのはもちろんこちらのほうなのだ。

『フォース・カインド』は「存在しないとされている」恐怖を「見せずに見せる」アプローチに可能性を感じた。インタビュー映像、カウンセリング映像、警察の監視映像という一次資料を使って「間接的」に見せるテクニックは参考になった。

それにしても、写真やビデオ映像など、「撮られた」ビジュアルというのはどうしてああも気味が悪いのだろう。実物を写しながらも「もしかして、細工をしたのかもしれない」とふと脳裡をよぎる疑惑。フレームの外にフレーム内とは全く異なるものがあるのではないかという欺瞞《ぎまん》の予感。いわば虚構の入り込む余地があるが故に逆に本物かもしれない、という、いかがわしさすれすれのグレイゾーンがあるところが怖いのではないか。

先日、人とゴーストストーリーについて話していた時、スティーヴン・キング、特に『シャイニング』を境として、いわゆるゴーストストーリーは途絶えたのではないかという説が出た。

要は、八〇年代以降の「モダン・ホラー」は、面白すぎるのである。サイコホラーの登場もあってジャンルは細分化し、テクニックは洗練され、メガヒットも出て人材も豊富になった結果、私にとってのモダン・ホラーは完全にエンターテインメントとなり、「こわい」と感じたことが全然ない。

本来、ゴーストストーリーは地味でそっけなく、隙《すき》だらけでカサカサしているのである。

それは、いわば昔話や思い出話を聞かされる感覚だ。普通の顔をしていて、知っているつもりで、聞き飽きた心地すらする。日常、ふと宴会が終わって数人だけ残り、汚れた皿や空っぽの酒瓶を前に煙草を吸いながら、「今にして思えば」とか「誰かに聞いた話なんだけど」という前置きになんとなく始まる話。オチも解説もないけれど、一瞬、ザラザラとした手が肩を撫《な》でていったような感覚。それが私の考える「こわい」、私の求める「こわい」なのである。

何より、私は「今にして思えば」や「誰かに聞いた話なんだけど」というフレーズが怖いのである。特に最近気になるのは「今にして思えば」だ。

過去のある時点を振り返り、あれは何だったんだろうと考える。当時は目にしていてもなんとも思わなかった。あるいは、渦中にいて状況が理解できなかった。しかし、今ならば視点や視座が変わり、何が起きていたのか分かる。そして、改めてゾッとしたり、冷や汗を掻《か》いたり、笑いが止まらなくなったりする。

そう、これが「こわい」なのだ。「こわく」なるのは「気付き」があった時であり、何かを発見した時なのである。また、「気付いた」時に、「気付く」前との落差が大きければ大きいほど、「こわい」も大きくなる。

これは以前にも書いたことがあるのだが、そんな「気付き」の「こわい」体験といったとき、思い浮かぶものが二つほどある。

ひとつは朝の通勤電車。いつものように混んでいたが、一人、素敵な女の人が前に座っていた。五十歳を越えているくらいだったが、加齢がマイナスになっていない美しさで、身に着けているものもとてもお洒落。チラチラ眺めて、こんなふうに歳を取りたいなあと思っていたところ、終点の駅に着いた。ぞろぞろと通勤客が下りていき、彼女はスッと立ち上がった。その時、彼女が膝の上に大きな金髪の女の子の人形を抱えていたことに気付いたのだ。

目にした瞬間、一瞬頭の中が真っ白になった。なぜ剝《む》き出しのまま人形を？

彼女は平然とした表情で人形を無造作に小脇に抱え、カツカツとハイヒールの足音も高く改札口に向かって歩いていった。その後ろ姿を見ながら、初めてゾーッとしたのだ。異様さを感じたのは私だけではなかったらしく、彼女とすれちがうビジネスマンたちが、皆怪訝《けげん》そうな顔で振り返っていた。

もうひとつは、やはりＯＬ時代、友達と飲んで、飲みなおそうとアパートに夜中帰ってきた時のこと。私が当時住んでいたアパートは一階に三世帯、二階に三世帯というこぢんまりしたアパートで、住んでいたのは皆女性だった。私は一階のいちばん奥に住んでいたのだけれど、友人とわいわい喋《しゃべ》って通路に入ったところ、一階の真ん中の部屋の前に、一人の女の子が立っていたのである。

髪の長い女の子で、二十代の若い子だった。私と友人は彼女の後ろを通って自分の部屋に入ったのだが、翌日になって、いったいあの子はなんだったのだろうと友人と話しているうちにだんだん怖くなってきた。なにしろ、夜中の一時過ぎ、しかも雨が降っていて寒い夜だった。なのに、彼女はドアの前で直立不動、ただじっと立っていたのだ。私たちが通り過ぎる時も微動だにせず、ドアに顔をくっつけんばかりにしていたので顔も見えなかった。

思い出してもこのふたつは怖い。もしかしたら他愛もない話だったのかもしれないが、いろいろに解釈できるところがどうにも「こわい」のである。

私が怖いと思う本も、シンプルなのに漠然とした怖さを持っているものだ。

怖い小説、といって今でもいちばんに挙げるのは、アガサ・クリスティの『終りなき夜に生れつく』である。

この小説、クリスティ自身とても愛着を持っていたらしいが、なんだか分かるような気がする。全編を覆う不吉で哀切な雰囲気、澱《よど》みなくするすると語られる物語が恐るべき真相へと集約されていくさまが美しいのだ。

しかし、とにかく怖い。登場人物の会話がどこをとっても不吉。

中でも最も怖かった場面は、田舎に越してきた主人公が環境に適応し、「とてもうまくいっている」と近所の人間に話すと、彼は眉をひそめて、「それは気をつけなければいけない。それがフェイというやつで、何かの災厄の前にやってくるものだから、ごきげんな気持ちを抑えたほうがいい」と言うところである。ここだけ抜き出しても怖さは伝わらないかもしれないが、「フェイ」という言葉の響きや上機嫌に水を差すような不穏な忠告との落差にゾッとさせられる。

あるいは、フィリップ・K・ディックの『死の迷宮』。遭難状態の宇宙船の中で、乗員が殺されていく。クローズド・サークルの中で、皆が精神的に破綻していくあいだにも何も変わりないような日常会話がえんえんと交わされる場面。

日本の小説ならば、短編が圧倒的に怖い。川端康成、谷崎潤一郎、佐藤春夫、稲垣足穂。近代の小説は、とにかく恐怖に満ちている。内田百閒ならば、私は「サラサーテの盤」よりも「東京日記」が怖い。いつも通りの何気ない顔でどう考えても異常な状況を語るその「普通の何気なさ」が恐ろしいのだ。

しかし、最も怖いと思う本は、なんといっても聖書である。「怖い本」のアンケートを受けるたびにそう書いてきた。

私は子供の頃はプロテスタント系の幼稚園に通い、いっとき教会の日曜礼拝にも通っていたのだが、毎回語られる聖書の逸話に漠然とした恐怖感を覚えていた。「葡萄《ぶどう》酒は私の血であり、パンは肉である」というのが恐ろしく、十二月になると紙で造った葡萄の木に自分の名前を書いた葉っぱの形をした紙を貼るのも怖かった。

大きくなって、高校時代に古典としてひととおり旧約聖書から新約聖書までを読んでみたが、そのあまりの不条理さに愕然《がくぜん》とした。そこに描かれている神の行動はどうにも支離滅裂で、実に気まぐれに（としか思えない）人間たちに凄《すさ》まじい災厄を与えるのである。その理由も説明されず、説明されたとしても全く納得できないような勝手な理屈なのだ。このようなテキストが成立した過程やテキストを支持してきた人々の情念を思うだに、ひしひしと恐ろしい。

かくも「こわい」は漠然としていて、説明不能で、ぼんやりとして輪郭《りんかく》がない。姿を現さない。形を見せない。見せずに観客自身にそれぞれの「恐ろしいもの」を想像させることがいちばんの「こわい」ものなのだ。

やはり怖いということでは横綱級のシャーリイ・ジャクスンの小説『山荘綺談』は二度映画化されているが、CGを駆使した二度目のものよりも、モノクロの最初の映画化のほうが断然怖かった。ふわりと揺れる白いカーテン。階段の上から射し込むかすかな光。そういったおぼろげな気配のほうが、観る者の心の底で共有している原始的な恐怖を駆り立てる。

『フォース・カインド』もいちばん気味が悪かったのが、カウンセリングを受ける患者が催眠術を掛けると、皆「窓のところに白いフクロウが来るんだよ」と苦しそうに告白するところである。

白いフクロウ。

そんな、恐怖の形を小説にしたいという欲求は、かなり人間の根源的なところに根ざしているような気がする。

「こわい」小説を書くにはどうすればいいのか。今、何が「こわい」のか。恐らく、この先歳を重ねるごとに、その時その時で「こわさ」は異なってくるのだろう。これは物書きとしての私にとって、永遠の課題である。

（晶文社ホームページ　２０１０・１）

娘たちの受難

演劇『エイミーズ・ビュー』

現代は、「娘の時代」であると思う。

少なくとも、日本はそうだ。正確に言えば、息子には多くを期待しなくなり、誰もが娘を頼る。結果として、娘が息子を兼ねなければならなくなっている。だが、いずれこれは世界的な傾向になるのではないかという予感がする。今の世界は、期待に応えられない内向きな息子たちに幻滅しつつあるからだ。

かつて、世界は父親と息子のものであり、権力と相続、統治と支配がドラマの大部分を占めていた。しかし、フラットに画一化の進みつつある現代、ピラミッド型でなくネットワーク化する世界の中では、血統や上下関係とは別のコミュニケーションが重要となり、母と娘のドラマのほうにリアリティを感じてしまう。

数年前に観た翻訳劇『ママがわたしに言ったこと』も四世代の母と娘をテーマにしたもので、中の母親の台詞《せりふ》「あなたは私よりももっと遠くに行かなくちゃいけないのよ」が印象に残っていたが、作者はイギリスの私と同世代の女性で、やはり今の娘たちは世界中で同じことを言われているのだなあ、と思ったものだ。母親の期待通り「なんでも男の子なみに、もっと遠くへ」行こうとした娘たちが、「いい加減に結婚して子育てしなさい」と、期待した母親自身から梯子《はしご》を外され、呆然としているところも。

一九四七年生まれの劇作家デイヴィッド・ヘアの名には実は馴染みがなかった。日本で上演された『渇いた季節の中に…』と今回上演される『エイミーズ・ビュー』の二作を読むのが初めてである。だが、『渇いた季節の中に…』が姉妹の話であり、『エイミーズ・ビュー』が母と娘の話であり、やはり作者がイギリス人であることを考えると、イギリスでも既に「娘の時代」が来ているのかもしれない。

父親を乗り越える、もしくは父親から独立する、ということが明快な目標に位置付けられている息子たちとは異なり、母と娘の関係は途切れることがないため、密接で複雑なものになる。依存と支配、共感と嫌悪がより見えにくく、より微妙になっていく。それが現代人の微妙で複雑な人間関係に重なってくる。

『エイミーズ・ビュー』の場合、話は更に複雑だ。

母のエズミは舞台女優であり、娘エイミーの夫ドミニクはＴＶ業界の人間であり、娘は対立する二人に挟まれているからだ。エイミーは、母を深く愛し、一番の親友であると認めつつも、母の支配から逃れられないことに苦しみ、自分の選んだ夫を母が認めないこと、そして夫が彼女を不幸にするであろうことを見抜かれていたのに傷ついている。

『エイミーズ・ビュー』とは、エイミーが子供の頃に手書きで発行していた新聞の名前である。その内容のほとんどが母親へのインタビューだったというのが、母を尊敬し、留守がちの母を求めていた娘の心情を感じさせて切ない。

この二作だけなのかもしれないが、ヘアの作品は、時代背景と女たちの確執《かくしつ》が呼応する、という形式を取っている。そして、その確執の果てに、犠牲になるのは常に善良であろうとする人間だ。節操のないカネ儲《もう》け第一の世界では、かつて常識であったはずの誠意が憎まれ、徒《あだ》になる、という皮肉が込められている。

『エイミーズ・ビュー』は経済だけでなく、演劇が娯楽やメディアの上位から滑り落ちていく過程をも背景にしている。恐らくは、ヘアの実感が反映されているのだろう。

映像メディアが登場する前、長らく演劇は娯楽のトップに君臨していた。特に、シェイクスピアの国イギリスでは舞台俳優は尊敬され、演劇がかなりの高い地位を占めていたはずだ。しかし、かつて人気舞台女優だったエズミはだんだん仕事がなくなり、CMのナレーションや、馬鹿にしていたTVドラマに出演せざるを得ない状況に追い込まれていく。

エイミーに頼まれ、渋々自分の番組に出演を依頼するドミニクは、エズミにこう尋ねる。「演劇は死んだかどうか」。エズミは答える。

「いつだって演劇は死んだ、よ。小説は死んだ。詩は死んだ。今週流行《はや》ってたこれは死んだ、あれは死んだ。ところが一つだけ死なない物があるの。てめえらだけ、てめえらだけは絶対死んだって言わないのよね」
「テレビは死んだ！　マスコミは死んだ！　決してそうは言わない、どうしてなんだろ。どうしてマスコミだけ首が繋がってるんだろ！」

以前、ある女流作家のエッセイを読んでいたら、「文学は死んだ」と何十年も前から言われ続けているが、そう思うならさっさと文学の世界から出て行って他のことをすればいいのに、そういう奴に限って文学の世界に居座って、飽きずに「文学は死んだ」と繰り返し続けている、という一節があって苦笑した。書いているほうはちっとも「死んだ」などと思っていないし、仕事をしているのに、文学は、何十年も「死に続けて」いるらしい。恐らく、演劇も似たような状況なのではあるまいか。

この作品は、一九九七年のものだが、現在のヘアはどう思っているのだろうか。二十一世紀を迎えた今――まさにテレビもマスコミも死につつあるこの状況を？

「死んだ」と断定したがるのは常に男たちである。特に、現代のきな臭く不安に満ちた世界では、男たちは世界を終わらせたくて仕方ないように見える。しかし、女たちが芝居を演じる限り、誰も死なないし、演劇も死なない。まずは、女は産んで育てるところから始めるからだ——そもそも苦労して自分が産んだものを、おいそれとは殺さないし、死なせない。もしかすると、「母と娘たち」の時代は、終わりたがっている世界が意識下でSOSを求めている時代なのかもしれない。

（劇団民藝公演『エイミーズ・ビュー』パンフレット　2006・6）

ある事業継承の失敗

演劇『リア王』

やっぱり頭金だけではダメなのである。しょせん自分で稼いだ金ではないから、頭を下げる時は大げさに感謝してみせるが、あとは綺麗さっぱり人の金で得たものだという ことを忘れてしまう。私たちの素敵なマンションには、もう私たちの素敵な生活が出来上がっているの。お父さん、ひとつしかない来客用の部屋に居座られても困ります。リアは、長女と次女のところに最初から二世帯住宅を造っておくべきであった。どちらにも使用人常駐で、その管理費用が誰から出ているのかはっきりさせておかなければならない。生前贈与もいただけない。存命中には決して名義を書き換えてはならぬ。城が歴史的建造物なら、財団法人にして、維持管理費は基金から出し、簡単に売却なんかされないようにする。

そこで考えるのは、コーディリアのことである。彼女は薄々嫌な予感がしていたのではないか。まだ三姉妹の末っ子でペットとして寵愛《ちょうあい》を受けているうちはよかった。しかし、このままではいくら財産付きといえど、父は自分の世話になるつもりだ。どうする？　まだうら若き乙女なのに、あんなガタイのいい強烈な親父とひとつ屋根でずーっと一緒。私の青春はどうなるの？　それが、あの冒頭のにべもない発言に繋《つな》がるのである。彼女はあの一言に賭けていた。あの台詞《せりふ》の起こす波紋を、じっと観察していた。このごろ父は変だと思っていたが、案の定激怒、忠臣ケントにさえもこの仕打ち。あの瞬間、彼女は父を見限ったのだ。もしかすると、フランス王と打ち合わせができていたのかもしれぬ。姉二人の計算高く薄情な性格も先刻承知、早晩《そうばん》父を放り出す。しかも大番頭ケントが去れば、国はガタガタ、内乱必須。そこで放逐《ほうちく》された老王を救いに行けば、最後には必ず国が手に入るとフランス王を説得していたのである。彼女の計算は完璧だった。しかし、やはり世間知らずのお嬢様、庶子《しょし》の恨みまでは計算外であった。まさか自分が殺されてしまうとは予想もしていなかっただろう。かくて親も子も死に絶え、不毛のうちに幕は下りる。

子に美田を残さず。昔の人はうまいことをいう。もちろん、シェイクスピアも。かくて、少子高齢化のニッポンの現代の物語として、『リア王』は我々の前に姿を現す。

（「埼玉アーツシアター通信」　２００８・３）

リアリティとリアリズムの狭間で

映画『カミュなんて知らない』

人も世間も何かとジャンル分けしたがるのはいつの世も、どんなカテゴリーでも同じである。かくいう私もデビュー当時はホラー作家というくくり方をされていたし、本を出す度に異なるジャンル（に見える）小説を書いていたら、取材に来る人来る人「ジャンル」を口にするので「特に分けていない」とうんざりしつつ答えていると、「いったいなんのジャンルの小説家なんだ、はっきりしろ」と逆ギレされた体験も一度や二度ではない。さよう、人はレッテルを貼れないものは不安で不快なのである。

柳町光男の場合、その点、問題はなかった。今手元にある四枚ほどのDVDのパッケージにはどれにも判で押したように「リアリズム」の文字が躍っているし、「問題喚起」「衝撃」という単語も見られる。要は、柳町監督作品は「社会性」のある、「現実を見据えた」社会派映画というはっきりした分かりやすいラベルが貼られていた。もしくは中上健次のイメージとセットになって使われる「神話性」という言葉もよく聞いた。私も映画評やポスターからそういう印象を持っており、どうやらあまり私の趣味には合いそうにないと思い込んでいたのであった。

しかし、『カミュなんて知らない』を観た時の衝撃は、柳町光男という、映画に淫《いん》した一映像作家の発見だったような気がする。元々、この映画を観ようと思ったのは、映画を作る若者たちの話で作中劇が出てくるという、「バックステージもの」及び「メタフィクショナルなもの」という私の好みのテーマが重なっていたからだ。しかし、実際にスクリーンでこの映画を観た時、最後の衝撃的な殺人シーン、そしてそれをカメラがロングで引いて見事にフィクションと現実を反転させるあの素晴らしい場面、更にエンドロールで血を黙々と拭き取るところ、という駄目押しも含めて、私の好みをじゅうぶんに満足させ、さらに映像作家柳町光男を強烈に印象づけられたのだった。

そして、映像作家という観点から見ると、「社会派」とひとくくりにされてきたこれまでの映画も、実は極めて映像的であり、元々非常に映画的な監督だったと気付かされたのである――『十九歳の地図』のえんえんと続く坂道や路地での新聞配達の場面（新聞配達というのは、世界一映画的な職業ではなかろうか。世界中に新聞配達があるかどうかは別として、スクリーンにこれほど似合い、台詞《せりふ》を必要とせず、日常風景の中に個々の営みを予感させるという点で、ドラマの始まりにぴったりだ）や、傑作『さらば愛しき大地』の冒頭、子供たちの野辺送りの日食の場面など素晴らしく美しい――本当に、今さらだが。

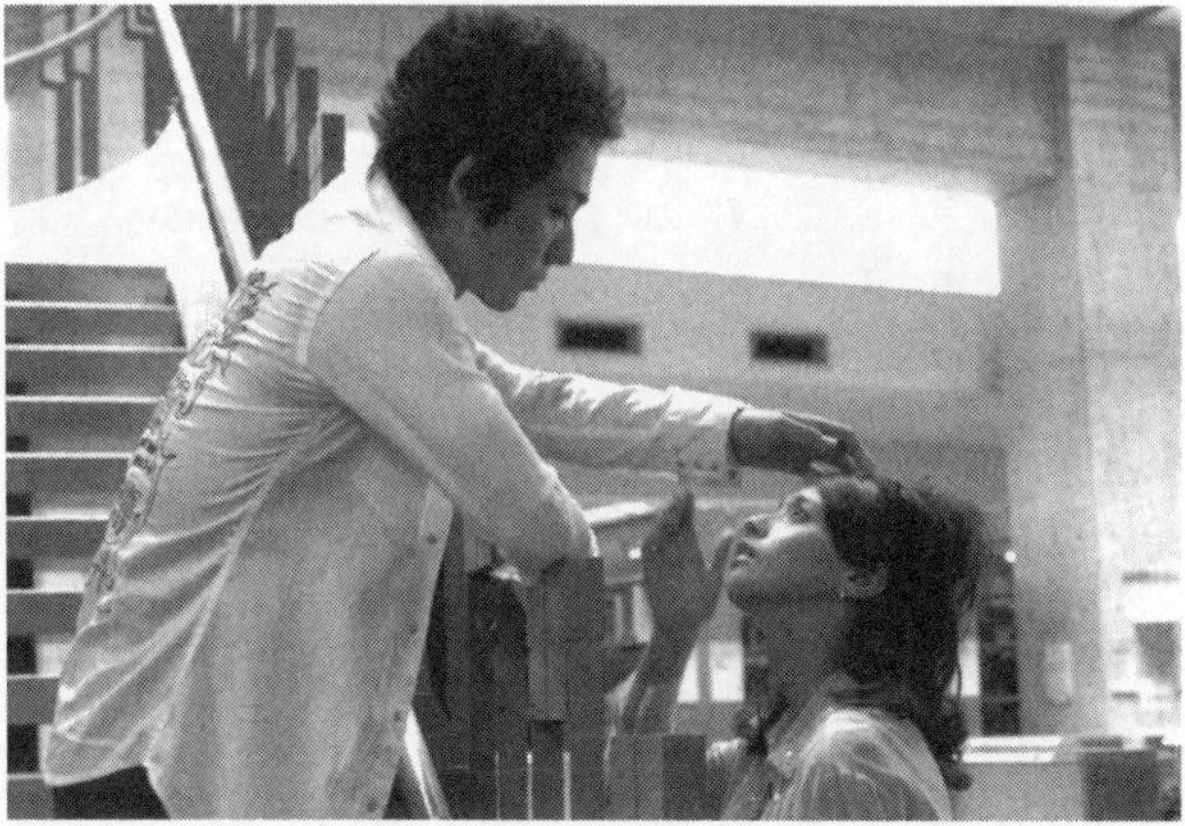

映画『カミュなんて知らない』　©「カミュなんて知らない」製作委員会

最近、なぜこれを映画で撮るのか、なぜ二時間ドラマではいけないのかと思うような映画ばかりが上映され、しかもヒットすることについても改めて考えさせられた。

果たしてその題材が映画的であるか、本当に映画で撮る必然性があるのか？

そういう意味では、柳町監督が撮ってきた作品はどれも極めて映画的で、映画以外にありえぬ題材と映像なのだった。

それに比べ、『カミュなんて知らない』は、無邪気と思える分かりやすいモチーフに溢《あふ》れている。名匠アルトマンを思わせる長回し、『アメリカの夜』をほうふつとさせるトラブル続きの映画作りとスタッフの色恋沙汰、登場人物が披露する映画オタクぶり。

正直、前半は、むしろ小綺麗なキャンパスの小綺麗な今どきの若者たちの群像が生ぬるく思え、「わたしはガメラを許さない」と叫んでいたあの少女がこんなに大人っぽくなったのか、とか、エキゾチックでノーブルな美少女が音を立てていぎたなくスープを飲む対比と幻滅が面白い、とか、そのストーカーぶりが妙にリアルで怖い元カリスマ少女モデル（私は彼女に岡崎京子の『ヘルタースケルター』を主演してほしいと切に願っている）など、可愛い女の子たちの細部のほうを楽しんだのだが、こうして二度目にDVDで観てみると、なるほど、これが確かに現在の若者たちのリアリティなのだった。やはり、柳町光男監督は「リアリズム」の監督なのである。

かつての一九七〇年代の青春は「ヒリヒリ」するものだった。『十九歳の地図』も、認められず、何者にもなれず、社会の底辺で鬱屈とした毎日を過ごし「ヒリヒリした」青春を過ごす青年の「青春映画」だったはずだ。

しかし、現在の若者たちはそうではない。柳町監督はそのことを看破し、見事に活写している。「恵まれて」はいるが、無菌室の中でつるつるしたガラスの表面に爪を立てるような青春。彼らはその日が来るまですべての現実を隠ぺいされている。その日とはつまり、社会に出るその日までだ。彼らはいきなり梯子《はしご》を外され、現実を突きつけられるのだ。その恐るべき「現実」がすぐそこまで迫っていることを察知しているものの、とりあえず日常は穏やかであり、飢えることもなく、若さを満喫している。「ヒリヒリ」はしていないが、「じわじわと」真綿で首を絞められていくような、緩慢な閉塞感、窒息感に外堀を埋められているのである。

そういう意味では、『カミュなんて知らない』は限りなくリアリティのある映画だ。しかも、中で扱われている題材が「タイクツな殺人者」ときている。現実にあった、「人を殺してみたかった」という少年の殺人。不条理という言葉すら知らず、不条理になりきれない希薄な現実感の中で生きる若者たち。エンドロールで畳の血を拭《ぬぐ》っている場面も、実はスクリーンの外の縁側の向こうに「試しに映画のために殺してみた」老婆の死体が転がっていて「こんなに血が出るとは思わなかったねえ」と和気藹々《あいあい》と後片付けをしているドキュメンタリーなのではないか、と思わせる「今の」リアリティが横溢《おういつ》しているところまで含め、これはなかなかどうして一筋縄ではいかないメタフィクションであると同時に、非常に柳町監督らしいリアリズムの映画なのである。

（「ＡＥＲＡ　ＭＯＶＩＥ　ニッポンの映画監督」２００８・２）

「面白さ」の定義を拒む面白さ。

映画『チェイサー』

ひとことで言うならば、「限られた時間内に容疑者の家を探し出す話」である。この至ってシンプルな話が、めっぽう面白い。

容疑者は最初から割れているし、警察で早々に連続殺人を告白する。しかし、証拠がない。やがて、この容疑者がこれまでも証拠不十分で度々釈放されていることが分かってくる。いっぽう、最初に容疑者を偶然捕らえた主人公の元刑事は、彼が捜している女を監禁している容疑者の告白をはなから信じず、彼女の行方を求めて容疑者の足跡を辿《たど》るうち、彼の異常さに徐々に気付いていく。

しかし、この映画を「よくできた映画」や「面白い映画」で片付けるのには抵抗があるのだ。むろん、「よくできた」細部を語ることはできる。容疑者の精神科医とのやりとりや、若い女性刑事とのやりとり。彼が釈放されてからのサスペンス。鍵束、携帯電話、煙草といった小道具の扱いのうまさ。気が強く可愛げのない少女が、主人公とよそのデリヘル嬢とのやりとりから母の身に起きたことを悟り、雨の中を走る車の中で顔を

映画『チェイサー』　©2008 Big House/Vantage Holdings.All Rights Reserved

歪めて大泣きするショット。どれも隙《すき》がなく、緊張感に溢《あふ》れた手練《てだ》れの仕事である。けれど、エンターテインメントとしては、どこまでも予定調和を拒み、破調しているのだ。

かといって、「衝撃のクライム・サスペンス」の枠に収めることにも疑問がある。なぜかというならば、この映画でショックなのは、恐るべき猟奇殺人や犯人の内面そのものではなく、全編にわたって「できなかったこと」をこれでもかと見せつけられるからだ。雨の裏山を掘り返し、石材置き場をひっくり返す刑事たち。八つ当たりしまくり、見当違いの捜索を繰り返す主人公。画面はひたすらに徒労のオン・パレードなのだ。

私たちは知らず知らずのうちに、スクリ

ーンに「できること」を見たいと思っている。たくさんのできないことがあっても、スクリーンの中ならば、最後にはきっと「為《な》し得たこと」を目にすることができるに違いないと無意識のうちに信じているのだ。それはすなわち、現実の世界が「できないこと」に溢れているからだ。なのに、この映画はあっさり我々の期待をかわし、現実をまざまざと見せつけるのである。

撮影と照明が素晴らしい。韓国映画を観るたびに感じるのは、ここにはちゃんとした「暗がり」があって、「暗がり」の中に、生身の人間の営みが息づいているということだ。翻って、どうしても日本映画について考えざるを得ない。日本映画の暗がりは「明かりのついていないところ」であって、空っぽで、無人だ。

海外から帰ってくると、いつも東京の異常な明るさにびっくりする。世界を隈《くま》なく照らし、影を追放するということは、襖絵《ふすまえ》やアニメのごとく、限りなく二次元に近づいていくということだ。日本の映像も、現実も、限りなく人間の気配を消して、アニメに近づいているような気がする。

（「VOGUE　NIPPON」２００９・６）

アイドルの流謫《るたく》

ビートルズについて

I　怖くて気持ち悪いもの

私は芸能ネタに疎《うと》い。特にお笑い系は苦手なジャンルである。

バラエティ番組というものが嫌いなので、それらしきものは全く見ない。あの、砂を噛むような、細切れな予定調和のコメントを聞いているのが耐えられないのである。

しかし、近年、ＴＶのほとんどはバラエティ番組なのである。そして、バラエティ番組の出演者のほとんどはお笑い系である。だから彼らを見る機会のない私は、盆と正月に帰省した時にＴＶを見ながら家族に解説してもらうのが習慣になった。

それがなぜなのか気がついたのは、結構最近のことだ。

私は子供の頃からコメディアンが怖かったのである。怖いものを避けるのは、子供だし当然のことだ。

真のコメディアンというのは強烈な毒を放っている。自尊心とコンプレックスの狭間にある、隠しようのない狂気が漂っている。どうやら私はギャグよりも彼らの放つ毒と狂気のほうに強く反応してしまうらしい。だから、どうしても、みんなが笑っているのに一人だけ青ざめて引いている、という状態になってしまう。周囲が楽しそうに笑っているのに、一人笑えないというのはなかなかつらいものである。それゆえ、無意識のうちに回避するようになったのだろう。

とにかく、怖かった。横山やすしが怖かったし、植木等も怖かった。漫画『がきデカ』も怖かったし、『マカロニほうれん荘』も駄目だった。実は赤塚不二夫の漫画もみんな怖かった。ビートたけしや松本人志も、「こわっ。気持ちわるっ」というのが正直な第一印象だったのだ。チャップリンの短編映画でさえ、狂気を感じて腰が引けていた。

幸か不幸か、ここ数年、怖いと思うお笑い芸人は現れていない。

なぜこんな話をするかというと、ビートルズの第一印象も「なんだか怖い。ざらざらしていて気味悪い」というものだったからだ。

実は、その印象はビートルズを繰り返し聞いた今でも変わらないのである。中学時代に初めて聞いた赤盤・青盤では名曲の嵐にただただ聞き惚《ほ》れていたが、こんにち改めて聞いてみても、なんでこんなに重いんだろう、と思う。彼らはアイドルだったのに。

いや、はっきり言って、私には彼らの音楽にはデビュー作から既に終末の気配が漂っているように感じられてならないのである。

Ⅱ　最初から古典

芸術の分野には、登場した瞬間から古典、という作品がある。初めて現れたものなのに、それ以前の状態などもはや想像できない、ずっとずっと前からあったような気がする作品。

そのわかりやすい一例として、映画『炎のランナー』のテーマ曲を挙げたい。この曲、たぶん誰でも一度は聞いたことのある、よくパロディにもなっている有名曲だ。アカデミー賞の作曲賞も取っている。しかし、私はこの曲がこの映画のテーマ曲だとは知らず、初めて映画を見たときは驚いた。この映画、一九八一年の映画なのである。そんなに新しいとは露知らず、感覚としては一九六〇年代くらいの、ずっと昔からある曲だと思っていたのだ。

ビートルズの曲も、デビューアルバムからしてなんともいえぬ「古典」色が立ち込めている。もはや、ビートルズ以前など想像もできないのだ。

私には、聞くとどんどん気分が落ち込んできてしまう、という曲が幾つか存在するのだが、実はビートルズもそうである。特に「ヘイ・ジュード」や「ノルウェーの森」あたりがつらい。

なんとも老成したあの声。ざらざらした、シャウトする重い声は、じゅうぶんにロックだし、ロック以外の何ものでもないのだが、なぜか私にはビートルズはビートルズというジャンルで、ロックに思えないのだ。

III　黄色い声の秘密

ところで、子供の頃の私は今よりもずっと賢かった。ある時期、たぶん奇跡のように色眼鏡なしで世界がクリアに見られたのだろう。

その私が長らく疑問に思っていたことに、なぜロックや歌謡曲のコンサートでみんなが立ち上がり、悲鳴を上げるのかというのがあった。拍手は演奏に対する評価であるし、納得できる。なのに、人々は文字通り「きゃあきゃあ言う」し、目はイッちゃってるし、どう見ても異常な興奮状態にある。なぜいきなりあんな状態に突入できるのだろうか。恥ずかしくはないのか。第一、あんなに馬鹿みたいに悲鳴を上げていたら、肝心の歌が聞こえないではないか。

私は歌番組で、客席に上がる「黄色い声」に対しても恐怖を感じた。ＴＶを見て思い切り引いていた。追っかけというのが、行動でも存在でも全く理解できなかった。

アイドル（idol）というのがそもそも「偶像」という意味だと知ったのは倉持知子の『アイドルはあいどる？』という少女漫画で、なんとなくショックを受けたことを覚えている。この漫画では同音のあいどる（idol）が「怠惰《たいだ》な、怠けている」という意味であるのを引っ掛けてこのタイトルにしていた。

姿を見ただけで興奮し、悲鳴を上げ、涙ぐみ、失神する。これはいったい何なのだろう。

ビートルズの映画『ハード・デイズ・ナイト』で、街中を逃げ回るシーン。この逃走シーンもその後さんざんパロディにされているが、私にはロメロの映画『ゾンビ』の一場面に見えてならない。そう、大衆は彼らを殺したがっているのだ。四人の肉を引き裂き、血を啜《すす》り、骨をしゃぶりたがっている。

恐らくは、西暦ゼロ年前後に現れたあの男あたりからその傾向は顕著になっていったのであろう。トリックスターは民衆を熱狂させ、為政者を警戒させる。民衆はトリックスターを見いだし、意味付けをし、崇《あが》めたて、さんざん神輿《みこし》を担いだあとでそこから引きずりおろし、罵《ば》倒《とう》し、磔刑《たっけい》を望む。そして、無残に殺されたあとでようやくさめざめと涙を流し、伝説化するのだ。

現在のマスコミも伝統にのっとり、絵に描いたような順序でそれを実施しているが、そもそもこのパターンを浸透させたのはビートルズであるような気がする。

アイドルがアイドルでいるうちは愛されるが、やがて彼らがそこからの脱却を願ったとたん、人々は掌《てのひら》を返すように彼らを叩く。それすらも、こんにちまで踏襲される正しいアイドル道である。

アイドルはあいどる。

そう、我々無責任な民衆は、偶像に対してこの上なく怠惰なのだ。思考停止し、すべての選択を偶像に委《ゆだ》ね、うっとりとよだれを流し、勝手に忘我の境地となる。

偶像とされるほうにしてみればたいへん迷惑なことであるが、そのいっぽうで、必ず偶像とされる者が時代の要請か人々の無意識の働きかけかで現れてしまうのも事実。ビートルズはまさにそんな存在だったのだろう。

Ⅳ　進化と収束

いきなり最初から「古典」として完成度の高い音楽で登場した彼らであるが、その後の進化も凄《すさ》まじい。

稀代《きたい》のメロディ・メーカー、ポールとジョンの曲が恐ろしく太い梁《はり》として聳《そび》えているので、内装はやりたい放題。オーケストラの使用やエスニックミュージックとの融合や録音トリックなど、およそこんにち考えつくようなことは皆やっているし、映画やレコードジャケットや新レーベルの製作などアートやビジネスの点でもパイオニアだった。

しかし、進化の早いものは収束するのも早いのが世の常である。

ジャズやSFといった分野がそうであったように、過去のものを破壊し新しいものを作りだすことイコール存在意義であるような分野は、凄《すご》い勢いで進化が進む代わりに、行き詰まるのも早い。

ビートルズの約八年の活動が長いのか短いのかは分からないが、彼らが信じがたいような密度でその歳月を走り抜けたのは確かだし、むしろ自然な成り行きで進化と収束を遂げたことは、ミュージシャンとして幸福であるように思える。

Ⅴ　幻視者たち

ジャズを好きな人に、どのスタンダード・ナンバーが好きかと聞くのは面白い。えてして、皆それを答えるのを躊躇《ちゆうちよ》するのも面白い。「ベタな曲名を答えて馬鹿にされたらどうしよう」とか、「渋くみえるのはどの曲か」などというスケベ心が透けてみえるのも楽しい。

ちなみに私の場合、好きな曲はあまりにもたくさんあるし、年々変わってきてもいるが、だいたい挙げるのは「夜も昼も」「オール・ザ・シングス・ユー・アー」「フライ・

ミー・トゥー・ザ・ムーン」の三曲。ロマンチックでやるせない曲が好きだ。

同じことをビートルズで人に聞くのも面白い。どのアルバムが好きか聞くのもいいし、フェィバリットを三曲挙げてもらうのもその人が分かるような気がして興味深い。

私自身、ビートルズでどれが好きかと言われると、アルバムでいうと『ラバー・ソウル』、曲は結局「ストロベリー・フィールズ・フォーエバー」になってしまう。

だが、好きと言っても複雑だ。私がビートルズに感じている気持ち悪さ、肌寒さ、鬱屈が最も如実に形になっている曲、それが「ストロベリー・フィールズ・フォーエバー」だからだ。

あの出だしのジャーン、というギターから既に「ああ、やめてくれ」という絶望感に襲われる。しかし、否応なしに腕をつかまれ、「一緒に行かないか」と曲に引きずりこまれる。そして、曲全体に満ち満ちている、あのやるせなさ。諦観《ていかん》、厭世観《えんせいかん》。なにしろ、実際の「ストロベリー・フィールド」はリバプールの孤児院だしなあ。

やるせなさ。

とどのつまり、私がビートルズに感じるのは、どうしようもないやるせなさだ。それが私を憂鬱にさせ、不安にさせるらしい。

私には、ビートルズの曲全体に諦観が漂っているような気がしてならない。あの「愛こそはすべて」ですら、「愛がすべてを可能にする」と繰り返しているものの、全く彼らはそんなことを信じていないように聞こえるのだ。あのフェイド・アウトしつつも流れる一節、バッハのインヴェンションは、すべてが堂々巡りで何の解決も示せない不条理な未来を幻視しているような心地にすらさせられる。

ビートルズは、音楽的に凄いスピードで進化を加速させているうちに、ある種の「ゾーン」に突入してしまったのではなかろうか。何かを必死に突き詰めていると、人は域を超えて普通には見えないものを見る。彼らは、当時意識していたわけではなかろうが、最初から遠い終末のビジョンを見ていたように思えてならない。

いっとき、彼らは自分たちを宇宙人のように感じていたのではないだろうか。イエロー・サブマリンならぬ宇宙船で、誰も見たことのない世界の島流しに遭った、孤独な、言葉の通じない宇宙人。

だから、解散後の彼らは少しホッとしたように見える。ポールなどは、普通のポップスの世界に「生還」できた安心感からか顔つきまで変わってしまった。しかし、ジョンは突き抜けたまま「ゾーン」に残ってしまい、トリックスターのまま世界を幻視し続けた。それが、あのような死を迎える因果となったのだろう。

もう一度、正直に言おう。

私はビートルズが怖い。気持ち悪い。

それでもやはり、彼らの曲を、彼らのやるせなさを、彼らの歌に感じる終末のビジョンを愛している。そのやるせなさに、郷愁すら抱いてしまう。

ストロベリー・フィールズ・フォーエバー。

初めてこの曲を聞いた時から、今も曇り空の下に広がる、一面の野生のイチゴ畑をゆっくりと駆けていく無数の子供たちの映像が頭に浮かぶ。

永遠などないし、彼らは永遠など信じていない。

ストロベリー・フィールズとは、私のイメージではズバリ死である。彼らの世界では、死と生、あるいは虚構と現実との境目はそんなにはっきりしていない。

季節も時間もぼんやりとした、曇った真っ白な空の下、今も私たちはイチゴ畑を走り抜け、どこかに待っているはずの、唯一永遠である眠りを目指して駆け続けている。


（『アクロス・ザ・ユニバース』　２００８・７）

初出一覧

硝子越しに囁く　「ジェイヌード」（朝日新聞出版）、二〇〇六年四月五日、四月二〇日、五月六日、六月六日、六月二一日

Ⅰ　面白い本はすべてエンタメ

マンダレーの影　『レベッカ』（新潮文庫）、二〇〇八年
一人称の罠　「中学校　国語教育相談室　No.56」（光村図書出版）、二〇〇八年九月
喪失について　『ジェニーの肖像』（創元推理文庫）、二〇〇五年
深化する　「文藝」（河出書房新社）、二〇〇九年秋季号
ブラッドベリは変わらない　『塵よりよみがえり』（河出文庫）、二〇〇五年
『雨降りだからミステリーでも勉強しよう』を再読する　『植草甚一　ぼくたちの大好きなおじさん』（晶文社）、二〇〇八年
空豆の呪い　『レベル3』（ハヤカワ文庫）、二〇〇六年
深夜の機械　『ダーク・タワーⅡ　運命の三人』（新潮文庫）、二〇〇五年
カバンに本とぐいのみを入れて　単行本版『土曜日は灰色の馬』（晶文社）、二〇一〇年書きおろし
期待と妄想のあいだ、あるいは「工場の月」　晶文社ホームページ、二〇一〇年六月

我々の外側にいるもの　「週刊文春」（文藝春秋）、二〇〇五年四月二一日
一九七〇年の衝撃　『声の網』（角川文庫）、二〇〇六年
昭和のアリバイを崩した男　『松本清張短編全集3　張込み』（光文社文庫）、二〇〇八年
「『藪の中』の真相」についての一考察　「国文学　解釈と鑑賞」（ぎょうせい）、二〇一〇年二月
残月の行方　「別冊太陽・内田百閒」（平凡社）、二〇〇八年
演出から遠く離れて　「小説トリッパー」（朝日新聞出版）、二〇〇六年夏季号
ケレンと様式美、スター三島に酔いしれたい。　「クロワッサン」（マガジンハウス）、二〇〇六年一月一〇日号
『鹿鳴館』悲劇の時代　「ラ・アルプ」（劇団四季）、二〇〇六年五月
エスピオナージュからビルドゥングス・ロマンへ　『自壊する帝国』（新潮文庫）、二〇〇八年
とある単語における一考察　「星座　No.37」（かまくら春秋社）、二〇〇七年一月
高度な技とセンスの凝縮作品　「ちくま」（筑摩書房）、二〇〇九年一月
伝奇小説が書きたい　晶文社ホームページ、二〇一〇年七月
挿絵の魔力　晶文社ホームページ、二〇〇七年一月
恩田陸・編　世界文学全集　「考える人　No.24」（新潮社）、二〇〇八年春号／「マリ・クレール No.76」（アシェット婦人画報社）、二〇〇九年九月

Ⅱ　少女漫画と成長してきた

反復する未来の記憶のはざまで　「文藝別冊　総特集・萩尾望都」（河出書房新社）、二〇一〇年五月
恐るべき少女たち　晶文社ホームページ、二〇〇六年六月
いかにして「引き」は形成されたか　晶文社ホームページ、二〇〇六年一〇月
内田善美を探して　晶文社ホームページ、二〇〇八年一一月、二〇〇九年二月、二〇〇九年六月

Ⅲ　暗がりにいる神様は見えない
おはなしの神様は一人だけ　晶文社ホームページ、二〇〇五年一〇月
ビヨンセが、えらい　晶文社ホームページ、二〇〇七年九月
うろおぼえの恐怖　晶文社ホームページ、二〇一〇年一月
娘たちの受難　劇団民藝公演『エイミーズ・ビュー』パンフレット（「民藝の仲間　358号」）、二〇〇六年六月
ある事業継承の失敗　「埼玉アーツシアター通信　No.14」、二〇〇八年三―四月
リアリティとリアリズムの狭間で　『AERA　MOVIE　ニッポンの映画監督』（朝日新聞出版／アエラムック）、二〇〇八年二月
「面白さ」の定義を拒む面白さ。　「VOGUE NIPPON」（コンデナスト・パブリケーションズ・ジャパン）、二〇〇九年六月号
アイドルの流謫　『アクロス・ザ・ユニバース』（ソニー・マガジンズ）、二〇〇八年

あとがき

子供の頃の本をめぐる記憶で、今でも鮮明に覚えているのは岩波書店の子供の本の二種類のパンフレットだ。

ひとつは十六ページくらいのカラーのもの。堀内誠一の絵本仕立てになっており、ちょっと猫背ですねた感じの、ズボンのポケットに手を突っ込んでいる少年が主人公。タイトルはその名もズバリ、「本を読みなさいって言わないで!」というもの。「本を読みなさい読みなさいって言われるとかえって読みたくなくなるよ」と少年がブツブツ呟《つぶや》く、一種の読書啓蒙《けいもう》本であった。私は当時からいくらでも本が読みたかったので、なぜこんなタイトルのパンフレットが出ているのか皆目《かいもく》見当もつかなかったが、いつの時代も、子供たちは「本を読め、本を読め」と本を読まない大人たちから言われていたわけだ。

そしてもうひとつは、「岩波の子どもの本」のカタログで、幼児向けの絵本から中学生向けくらいまで、本の表紙の写真とあらすじがずらりと並んでいたもので、いつまでも眺めていて飽きなかった。タイトルと表紙からどんな内容か勝手に想像して楽しんでいたが、当時、いちばん気に入っていたタイトルは、イギリス児童文学界の重鎮《じゅうちん》、ウィリアム・メインの『りんご園のある土地』であった。そののち、この本を買ってもらったが、あまりにもタイトルに対する妄想期間が長かったので、本物を読んでもその地味な内容が今いちしっくりこなかったことを覚えている。

とにかく、幼児期から本のタイトルに対して並々ならぬ興味があったことは間違いない。

たぶん、七歳くらいから、「おはなし」のタイトルをえんえんと考えている。

もちろん、誰かに頼まれたわけでもないし、自分で書いて発表しようと思っていたわけでもない。本当に、「癖《くせ》」としか言いようのない習慣であり、ものごころついた頃から、落書き帳には、ポスターのようにタイトルと絵と三行くらいの惹句《じゃっく》がひたすら書き付けられていた。

その習慣はずっと途切れず、現在も続いている。今も、自分で書けるにこしたことはないが、あくまでも「書かれるべき」「あったらいい」物語のタイトルであることは変わらない。

そんなわけで、タイトルだけは今もたくさんストックがある。

そのひとつが、『土曜日は灰色の馬』であった。

新しい連載を始める時など、タイトルのリストを見て「どれにしようかな。どんな話かな」と考える。タイトルが決まれば、だいたい話の性格も六～七割方決まってしまう。しかし、『土曜日は灰色の馬』の出番はなかなかこなかった。いつも検討するのだが、なかなか使い道の見つからないタイトルでもあった。

私のイメージとしては、『象は忘れない』とか『逢う時はいつも他人』みたいなクラシカルなミステリか、『ふくろ小路《こうじ》一番地』や『キリンのいる部屋』みたいな児童文学に使いたいタイトルだったのである。

しかし、どちらのジャンルもなかなか当面の予定には巡ってこず、いよいよ出番はなさそうであった。

そんな時、晶文社さんのホームページにエッセイを連載しないかというお話をいただき、本や映画などサブカルチャーについてのエッセイを書こうと思った時、ミステリと児童文学も多数出しておられ、子供の頃から一方的にお世話になっている版元のエッセイのタイトルにはこれがふさわしいのではないかとパッと思いついたのである。

かくてこの本のタイトルは『土曜日は灰色の馬』とあいなった。「どこが？　なんでこれなの？」と疑問に思われる向きもあろうが、私の中ではこれ以外ないタイトルなのである。

私の不徳のいたすところで、本当は毎月連載のはずが時には半年も空いてしまい、超不定期連載になってしまった。その間に晶文社さんの体制が変わったり引越したりして、いずれにしても担当の倉田さんには大変なご迷惑をお掛けしてしまった。
それでもようやく子供の頃から親しんでいた晶文社さんから、こうして形にしてもらえて本当に嬉しい。

二〇一〇年七月

恩田　陸

文庫版あとがき

最近、続けて四、五本ばかり封切映画（洋画）を観た。作られた国もジャンルもそれぞれ異なる映画だったのだが、あるひとつの共通点があった。

予告編のほうが面白かったのである。

いや、決して本編がよくなかったわけではない。面白かったし、引き込まれてじゅうぶん堪能した。正確に言うと、「よくこんな長尺の映画の中から実にうまいところばかりを抜き出して編集し、客を期待させる予告編を作れるもんだな」と感心してしまったのだ。

日本には予告編を専門に作る会社があって、その作業を以前ＴＶ番組で観たことがある。その時も思ったが、実に優秀な職人の仕事だと感じた。今回のそれぞれの予告編も、抜き出すショットが必ずしも映画本編の時系列順ではなく入れ替えてあるのだが、その並べ方によって全く異なる印象を与える予告編になっていた。予告編そのものが、「編集」されたひとつの作品になっている。それが果たして誉められるべきことなのかどうか分からないが（場合によっては「騙された」と感じる人もいるだろう）、なるほど「映画は『編集』なんだなあ」と改めて首肯させられたのである。

よく、洋画のＤＶＤ特典で、本国での予告編と、日本での予告編が入っていることがあるが、えてして日本の予告編のほうが面白い（むろん、日本人向けに作っているせいもあるだろうが）。そして、しばしば思うのは、もしかすると、私は本編よりも予告編の中の映画、予告編から妄想する映画のほうが好きなんじゃないか、ということだった。少なくとも、今回続けて観た映画の場合、明らかに予告編から想定される私の妄想の中での映画のほうが好みだった。

いろいろ思い当たることはある。子供の頃から、本のカタログが好きだった。岩波書店の児童書。新潮文庫やハヤカワ文庫の目録。いつだったか、夏のフェアかなんかで角川文庫がミステリー系ばかり集めた本の妖しいパンフレットを出していた。細長くて真っ赤な表紙で、中もデザインされていて、説明がものすごく怖かったのを覚えている（なぜかその中で「腹上死」という単語だけ覚えている私って……）。

タイトルとあらすじだけで、いくらでも楽しめた。ＴＶの「ゴールデン洋画劇場」で、しばしば「この先一ヶ月の放映予定」の四本くらいの映画の予告が流されることがある。この短い予告を観ている時がいちばん幸せだった。

これまでさんざん引用してきたが、吉原幸子の「これから」という詩の一節にこういうのがある。

書いてしまへば書けないことが
書かないうちなら　書かれようとしてゐるのだ

つまり、そういうことなのだろう。映画も予告編だけなら「観てしまえば観られないものが、観ないうちなら観られようとしている」し、同じく本も「読んでしまえば読めないものが、読まないうちなら読まれようとしている」のだ。

なので、ガイド本、書評本を子供の頃から愛読してきた。

忘れもしない、筒井康隆の『SF教室』、石川喬司『SF・ミステリおもろ大百科』（はっきりいってこの二冊、実際の本よりこっちの紹介のほうが面白かった）、そして植草甚一『雨降りだからミステリーでも勉強しよう』。このあたりが私の読書嗜好を決定づけたと言ってもいいだろう。その妄想癖がその後どうなったかは、この『土曜日は灰色の馬』を読んでいただければ分かると思う。

ブックガイドや書評の本は、今も大好きだ。それも、自分が読んだものと答え合わせのように読むよりは、知らない本を説明してくれるもののほうが楽しい。巻末のさくいんで、どれくらい読んだものがあるか数えるのも好きだけど、こんなに知らない本がいっぱいあるんだなーと思い、それを面白く紹介してもらって、内容を妄想している時のほうが至福である。

自分でもそういう本を出してみたいと思っていたので、二〇一〇年に晶文社さんで『土曜日は灰色の馬』としてまとめられた時は本当に嬉しかった。単行本の刊行から十年経って、このほど「本の本」が多い老舗、ちくま文庫さんに入れてもらえることになり、これまたとても嬉しい。

改めて読み返してみると、決して書評と呼べるほどハイブロウではないが、どの原稿も一生懸命書いたので、独自のテンションの高さと若書きの部分がいささか恥ずかしくも懐かしい。

この十年のあいだも、書評や文庫解説の仕事は特に気合いを入れてコツコツ書いてきたつもりだ。今年、めでたく続編も刊行予定とあいなったので、よろしければそちらも読んでみていただければ幸甚である。

紹介した本を読んでもらえればもちろん嬉しいけれど、私のように、どんな本なのか妄想して楽しんでもらっても全然ＯＫだ。

二〇二〇年一月　恩田　陸

本書は二〇一〇年に晶文社より刊行された。
文庫化に際し、加筆・修正を行った。

宮沢賢治全集（全10巻）
宮沢賢治

『春と修羅』、『注文の多い料理店』はじめ、賢治の全作品及び異稿を、綿密な校訂と定評ある本文によって贈る話題の文庫版全集。書簡など2巻増巻。

太宰治全集（全10巻）
太宰治

第一創作集『晩年』から太宰文学の総結算ともいえる『人間失格』、さらに『もの思う葦』ほか随想集も含め、清新な装幀でおくる待望の文庫版全集。

夏目漱石全集（全10巻）
夏目漱石

時間を超えて読みつがれる最大の国民文学を、10冊に集成して贈る画期的な文庫版全集。全小説及び小品、評論に詳細な注・解説を付す。

芥川龍之介全集（全8巻）
芥川龍之介

確かな不安を漠然とした希望の中に生きた芥川の全貌。名手の名をほしいままにした短篇から、日記、随筆、紀行文までを収める。

梶井基次郎全集（全1巻）
梶井基次郎

「檸檬」「泥濘」「桜の樹の下には」「交尾」をはじめ、習作・遺稿を全て収録し、梶井文学の全貌を伝える。一巻に収めた初の文庫版全集。（高橋英夫）

中島敦全集（全3巻）
中島敦

昭和十七年、一筋の光のように登場し、二冊の作品集を残してまたたく間に逝った中島敦――その代表作から書簡までを収め、詳細小口注を付す。

山田風太郎明治小説全集（全14巻）
山田風太郎

これは事実なのか？　フィクションか？　歴史上の人物と虚構の人物が明治の東京を舞台に繰り広げる奇想天外な物語。かつ新時代の裏面史。

ちくま日本文学（全40巻）
ちくま日本文学

小さな文庫の中にひとりひとりの作家の宇宙がつまっている。一人一巻、全四十巻。何度読んでも古びない作品と出逢う、手のひらサイズの文学全集。

ちくま文学の森（全10巻）
ちくま文学の森

最良の選者たちが、古今東西を問わず、あらゆるジャンルの作品の中から面白いものだけを基準に選んだ、伝説のアンソロジー、文庫版。

ちくま哲学の森（全8巻）
ちくま哲学の森

「哲学」の狭いワク組みにとらわれることなく、あらゆるジャンルの中からとっておきの文章を厳選。新鮮な驚きに満ちた文庫版アンソロジー集。

沈黙博物館　小川洋子
「形見じゃ」老婆は言った。死の完結を阻止するために形見が盗まれる。死者が残した断片をめぐるやさしくスリリングな物語。（堀江敏幸）

星間商事株式会社社史編纂室　三浦しをん
二九歳「腐女子」川田幸代、社史編纂室所属。恋の行方も友情の行方も五里霧中。仲間と共に「同人誌」を武器に社の秘められた過去に挑む!?（金田淳子）

つむじ風食堂の夜　吉田篤弘
それは、笑いのこぼれる夜。――食堂は、十字路の角にぽつんとひとつ灯をともしていた。クラフト・エヴィング商會の物語作家による長篇小説。

通天閣　西加奈子
このしょーもない世の中に、救いようのない人生に、ちょっぴり暖かい灯を点す驚きと感動の物語。第24回織田作之助賞大賞受賞作。（津村記久子）

この話、続けてもいいですか。　西加奈子
ミッキーこと西加奈子の目を通すと世界はワクワク、ドキドキ輝く。いろんな人、出来事、体験がてんこ盛りの豪華エッセイ集！（中島たい子）

君は永遠にそいつらより若い　津村記久子
22歳処女。いや「女の童貞」と呼んでほしい――。日常の底に潜むうっすらとした悪意を独特の筆致で描く。第21回太宰治賞受賞作。（松浦理英子）

アレグリアとは仕事はできない　津村記久子
彼女はどうしようもない性悪だった。すぐ休み単純労働をバカにし男性社員に媚を売る。大型コピー機とミノベとの仁義なき戦い！（千野帽子）

まともな家の子供はいない　津村記久子
セキコには居場所がなかった。うちには父親がいる。うざい母親、テキトーな妹。まともな家なんてどこにもない！　中3女子、怒りの物語。（岩宮恵子）

こちらあみ子　今村夏子
あみ子の純粋な行動が周囲の人々を否応なく変えていく。第26回太宰治賞、第24回三島由紀夫賞受賞作。書き下ろし「チズさん」収録。（町田康／穂村弘）

さようなら、オレンジ　岩城けい
オーストラリアに流れ着いた難民サリマ。言葉も不自由な彼女が、新しい生活を切り拓いてゆく。第29回太宰治賞受賞・第150回芥川賞候補作。（小野正嗣）

冠・婚・葬・祭　中島京子

人生の節目に、起こったこと、出会ったひと、考えたこと。冠婚葬祭を切り口に、鮮やかな人生模様が描かれる。第143回直木賞作家の代表作。（瀧井朝世）

とりつくしま　東直子

死んだ人に「とりつくしま係」が言う。モノになってこの世に戻れますよ。妻は夫のカップに弟子は先生の扇子になった。連作短篇集。（大竹昭子）

虹色と幸運　柴崎友香

珠子、かおり、夏美。三〇代になった三人が、人に会い、おしゃべりし、いろいろ思う一年間。移りゆく季節の中で、日常の細部が輝く傑作。（江南亜美子）

星か獣になる季節　最果タヒ

推しの地下アイドルが殺人容疑で逮捕!? 僕は同級生のイケメン森下と真相を探るが――。歪んだピュアネスが傷だらけで疾走する新世代の青春小説！

ピスタチオ　梨木香歩

棚（たな）がアフリカを訪れたのは本当に偶然だったのか。不思議な出来事の連鎖から、水と生命の壮大な物語「ピスタチオ」が生まれる。（管啓次郎）

図書館の神様　瀬尾まいこ

赴任した高校で思いがけず文芸部顧問になってしまった清（きよ）。そこでの出会いが、その後の人生を変えてゆく。鮮やかな青春小説。（山本幸久）

マイマイ新子　髙樹のぶ子

昭和30年山口県国衙。きょうも新子は妹や友達と元気いっぱい。戦争の傷を負った大人、変わりゆく時代、その懐かしく切ない日々を描く。（片渕須直）

話虫干　小路幸也

夏目漱石「こころ」の内容が書き変えられた！ それは話虫の仕業。新人図書館員が話の世界に入り込み、「こころ」をもとの世界に戻そうとするが……。

包帯クラブ　天童荒太

傷ついた少年少女達は、戦わないかたちで自分達の大切なものを守ることにした。生きがたいと感じるすべての人に贈る長篇小説。大幅加筆して文庫化。

うれしい悲鳴をあげてくれ　いしわたり淳治

作詞家、音楽プロデューサーとして活躍する著者の小説＆エッセイ集。彼が「言葉」を紡ぐと誰もが楽しめる「物語」が生まれる。（鈴木おさむ）

これで古典がよくわかる　橋本治

古典文学に親しめず、興味を持てない人たちは少なくない。どうすれば古典が「わかる」ようになるかを具体例を挙げ、教授する最良の入門書。

恋する伊勢物語　俵万智

恋愛のパターンは今も昔も変わらない。恋がいっぱいの歌物語の世界に案内する、ロマンチックでユーモラスな古典エッセイ。（武藤康史）

倚りかからず　茨木のり子

もはや／いかなる権威にも倚りかかりたくはない……話題の単行本に3篇の詩を加え、高瀬省三氏の絵を添えて贈る決定版詩集。（山根基世）

茨木のり子集　言の葉（全3冊）　茨木のり子

しなやかに凜と生きた詩人の歩みの跡を、詩とエッセイで編んだ自選作品集。単行本未収録の作品なども収め、魅力の全貌をコンパクトに纏める。

詩ってなんだろう　谷川俊太郎

谷川さんはどう考えているのだろう。その道筋にそって詩を集め、選び、配列し、詩とは何かを考えるおおもとを示しました。（華恵）

笑う子規　正岡子規＋天野祐吉＋南伸坊

「弘法は何と書きしぞ筆始」「猫老て鼠もとらず置火燵」。天野さんのユニークなコメント、南さんの豪快な絵を添えて贈る愉快な子規句集。（関川夏央）

尾崎放哉全句集　村上護編

「咳をしても一人」などの感銘深い句で名高い自由律の俳人・放哉。放浪の旅の果て、小豆島で破滅型の人生を終えるまでの全句業。（村上護）

山頭火句集　種田山頭火　村上護編　小﨑侃・画

自選句集「草木塔」を中心に、その境涯を象徴する随筆も精選収録し、〝行乞流転〟の俳人の全容を伝える一巻選集！（村上護）

絶滅寸前季語辞典　夏井いつき

「従兄煮」「蚊帳」「夜這星」「竈猫」……季節感が失われ、風習が廃れて消えていく季語たちに、新しい命を吹き込む読み物辞典。（茨木和生）

絶滅危急季語辞典　夏井いつき

「ぎぎ・ぐぐ」「われから」「子持花椰菜」「大根祝う」……消えゆく季語に新たな命を吹き込む読み物辞典。超絶季語続出の第二弾。（古谷徹）

一人で始める短歌入門　枡野浩一

「かんたん短歌の作り方」の続篇。CHINTAIのCM「いい部屋みつかっ短歌」の応募作を題材に短歌を指南。毎週10首、10週でマスター！

片想い百人一首　安野光雅

オリジナリティーあふれる本歌取り百人一首とエッセイ。読み進めるうちに、不思議と本歌も頭に入ってきて、いつのまにやらあなたも百人一首の達人に。

宮沢賢治のオノマトペ集　宮沢賢治　杉田淳子編　栗原敦監修

賢治ワールドの魅力的な擬音をセレクト・解説した画期的な一冊。ご存じ「どっどどどどうど　どどうど　どどう」など、声に出して読みたくなります。

増補　日本語が亡びるとき　水村美苗

明治以来豊かな近代文学を生み出してきた日本語が、いま、大きな岐路に立っている。我々にとって言語とは何なのか。第8回小林秀雄賞受賞作に大幅増補。

ことばが劈《ひら》かれるとき　竹内敏晴

ことばとこえとからだと、それは自分と世界との境界線だ。幼時に耳を病んだ著者が、いかにことばを回復し、自分をとり戻したか。

発声と身体のレッスン　鴻上尚史

あなた自身の「こえ」と「からだ」を自覚し、魅力的に向上させるための必要最低限のレッスンの数々。続ければ驚くべき変化が！　（安田登）

パンツの面目ふんどしの沽券　米原万里

キリストの下着はパンツか腰巻か？　幼い日にめばえた疑問を手がかりに、人類史上の謎に挑んだ、抱腹絶倒&禁断のエッセイ。　（井上章一）

全身翻訳家　鴻巣友季子

何をやっても翻訳的思考から逃れられない。妙に言葉が気になり妙な連想にはまる。翻訳というメガネで世界を見た貴重な記録（エッセイ）。　（穂村弘）

夜露死苦現代詩　都築響一

寝たきり老人の独語、死刑囚の俳句、エロサイトのコピー……誰も文学と思わないのに、一番僕たちをドキドキさせる言葉をめぐる旅。増補版。

英絵辞典　岩田一男　真鍋博

真鍋博のポップで精緻なイラストで描かれた日常生活の205の場面に、6000語の英単語を配したビジュアル英単語辞典。　（マーティン・ジャナル）

品切れの際はご容赦ください

解剖学教室へようこそ　養老孟司
解剖すると何が「わかる」のか。動かぬ肉体という具体から、どこまで思考が拡がるのか。養老ヒト学の原点を示す記念碑的一冊。（南直哉）

考えるヒト　養老孟司
意識の本質とは何か。私たちはそれを知ることができるのか。脳と心の関係を探り、無意識に目を向ける。自分の頭で考えるための入門書。（玄侑宗久）

身近な雑草の愉快な生きかた　稲垣栄洋　三上修・画
名もなき草たちの暮らしぶりと生き残り戦術を愛情とユーモアに満ちた視線で観察、紹介した植物エッセイ。繊細なイラストも魅力。（宮田珠己）

身近な虫たちの華麗な生きかた　稲垣栄洋　小堀文彦・画
地べたを這いながらも、いつか華麗に変身することを夢見てしたたかに生きる身近な虫たちを紹介する。精緻で美しいイラスト多数。（小池昌代）

クマにあったらどうするか　姉崎等　片山龍峯
「クマは師匠」と語り遺した狩人が、アイヌ民族の知恵と自身の経験から導き出した超実践クマ対処法。クマと人間の共存する形が見えてくる。（遠藤ケイ）

木の教え　塩野米松
かつて日本人は木と共に生き、木に学んだ教訓を受け継いできた。効率主義に囚われた現代にこそ生かしたい「木の教え」を紹介。（丹羽宇一郎）

脳はなぜ「心」を作ったのか　前野隆司
「意識」とは何か。どこまでが「私」なのか。死んだら「心」はどうなるのか。――「意識」と「心」の謎に挑んだ話題の本の文庫化。（夢枕獏）

錯覚する脳　前野隆司
「意識のクオリア」も五感も、すべては脳が作り上げた錯覚だった！　ロボット工学者が科学的に明らかにする衝撃の結論を信じられますか。（武藤浩史）

増補　へんな毒　すごい毒　田中真知
フグ、キノコ、火山ガス、細菌、麻薬……自然界にあふれる毒の世界。その作用の仕組みから解毒法、さらには毒にまつわる事件なども交えて案内する。

ニセ科学を10倍楽しむ本　山本弘
「血液型性格診断」「ゲーム脳」など世間に広がるニセ科学。人気SF作家が会話形式でわかりやすく教える、だまされないための科学リテラシー入門。

落語百選　春　麻生芳伸 編

古典落語の名作を、その〝素型〟に最も近い形で書き起こす。故金原亭馬生師の挿画も楽しい。まずは、おなじみ「長屋の花見」など25篇。（鶴見俊輔）

落語百選　夏　麻生芳伸 編

「出来心」「金明竹」「素人鰻」「お化け長屋」など、大笑いあり、しみじみありの名作25篇。読者が演者となりきれる〈活字寄席〉。（都筑道夫）

落語百選　秋　麻生芳伸 編

「秋刀魚は目黒にかぎる」でおなじみの「目黒のさんま」ほか「時そば」「野ざらし」「粗忽の釘」など江戸の気分あふれる25篇。（加藤秀俊）

落語百選　冬　麻生芳伸 編

義太夫好きの旦那をめぐるおかしくせつない「寝床」。「火焔太鼓」「文七元結」「芝浜」「粗忽長屋」など25篇。百選完結。（岡部伊都子）

びんぼう自慢　古今亭志ん生　小島貞二編・解説

「貧乏はするものじゃありません。味わうものですな」その生き方が落語そのものと言われた志ん生が自らの人生を語り尽くす名著の復活。

なめくじ艦隊　古今亭志ん生

〝空襲から逃れたい〟、〝向こうには酒がいっぱいある〟という理由で満州行きを決意。存分に自我を発揮して自由に生きた落語家の半生。（矢野誠一）

古典落語　志ん生集　古今亭志ん生　飯島友治 編

八方破れの生きざまを芸の肥やしとした五代目志ん生の、「お直し」「品川心中」など今も色褪せることのない演目を再現する。

志ん生の噺（全5巻）　古今亭志ん生　小島貞二 編

その生き方すべてが「落語」と言われた志ん生の幅広い芸を滑稽、人情、艶などのテーマ別に贈る、読む「志ん生落語」の決定版。

志ん朝の風流入門　古今亭志ん朝　齋藤明

失われつつある日本の風流な言葉を、小唄端唄、和歌俳句、芝居や物語から選び抜き、古今亭志ん朝の粋な語りに乗せてお贈りする。（浜美雪）

志ん朝の落語1 ――男と女　古今亭志ん朝　京須偕充 編

第一巻「男と女」は志ん朝ならではの色気漂う噺集。口絵に遺品のノート、各話に編者解説を付す。「明烏」「品川心中」「厩火事」他全十二篇。

ちくま文庫

土《ど》曜日《ようび》は灰色《はいいろ》の馬《うま》

二〇二〇年三月十日　第一刷発行

著　者　恩田陸（おんだ・りく）
発行者　喜入冬子
発行所　株式会社　筑摩書房
　　　　東京都台東区蔵前二—五—三　〒一一一—八七五五
　　　　電話番号　〇三—五六八七—二六〇一（代表）
装幀者　安野光雅
印刷所　中央精版印刷株式会社
製本所　中央精版印刷株式会社

ISBN978-4-480-43647-4　C0195